http://www.bbulmedia.com

the 리더

BBULMEDIA FANTASY STORY

희배 퓨전 판타지 소설

the 리더

〈완결〉

10

뿔미디어

CONTENTS

제1장

대한민국 산유국 대열에 들어서다

서원명 대통령은 청와대 춘추관에서 내외신 기자들을 모아 놓고 기자 회견을 겸해 특별 담화문을 발표했다.

　그런데 이 특별 담화문은 놀라운 내용을 담고 있었다.

　—친애하는 국민 여러분, 제가 이렇게 특별 담화문을 발표하게 된 것은 국민 여러분께 몇 가지 기쁜 소식을 알려 드리기 위함입니다.

　우선 첫 번째로 알려 드릴 기쁜 소식은 우리나라도

드디어 산유국 대열에 들어섰다는 것입니다.

어젯밤에 그룹 '환' 의 최강권 회장이 직접 본인에게 알려온 바에 따르면 추정 매장량이 500억~600억 배럴에 달하는 거대 유전을 개발했다고 합니다.

이는 우리나라가 한 해 수입하고 있는 원유를 대략 10억 배럴로 잡았을 때 50~60년 동안은 전혀 수입하지 않아도 되는 엄청난 매장량입니다.

더 기쁜 것은 우리나라 유전에서 나오는 원유는 가솔린, 나프타, 등유 등의 이용 가치가 높은 성분을 많이 함유하고 있는 *API(American Petroleum Institute) 비중 34도 이상의 원유인 경질유(輕質油)라는 것입니다. 게다가 유전의 위치도 개발이 용이한 육지와 매우 가까운 곳에 있는 무인도여서 생산 단가도 엄청 싸게 먹힌다고 합니다.

두 번째로 알려 드릴 기쁜 소식은 품위가 60% 이상인 추정 매장량 30억t 이상의 대규모 철광산을 발견했다는 것입니다. 이것은 우리나라가 한 해 수입하고 있는 철광석이 6천만t이니까 대략 50년 동안은 철광석을 수입하지 않아도 된다는 말과도 같습니다. 더욱 흥미로운 것은 이 철광산의 위치가 동해와 가까운 곳에 위치해 있어서 철광석의 반출이 매우 용이하다는 것입니다.

세 번째 기쁜 소식은 고품위 희토류가 무려 3,000만t이나 매장된 희토류 광산을 찾게 되었다는 것입니다. 과거 중국과 일본이 분쟁을 하였는데 중국에서 일본에 희토류 광석의 수출을 전면 중단하게 되자 일본 경제가 휘청거렸다는 이야기는 국민 여러분께서도 익히 들으신 바 있으실 것입니다. 그만큼 이 희토류 광물은 첨단 과학 제품을 만드는 데 있어서 없어서는 안 될 중요한 광물입니다. 그런데 이제 우리나라는 희토류 광물을 자급자족할 수 있고 더 나아가 수출까지 할 수 있게 되었습니다. 얼마나 기쁘고 뿌듯한 일입니까?

친애하는 국민 여러분, 되는 집안은 가지 나무에서도 수박이 열린다고 우리나라에 여러 가지 경사스러운 일들이 겹치고 있습니다. 국민 여러분께서는 앞으로 세계 어디를 가시든지 당당하게 행동하도록 하십시오. 국가는 항상 국민 여러분의 편에 서서 성심성의껏 후원하도록 하겠습니다.

마지막으로 알려 드릴 기쁜 소식은 그룹 '환'의 최강권 회장이 그동안 주로 저개발 국가를 대상으로 했던 홍익재단과 비슷한 재단을 만들어 전적으로 우리나라 국민들의 복지를 위해 제원을 쓰겠다고 약속했다는 것입니다.

이상으로 대국민 특별 담화를 마치겠습니다.

질문이 있으신 분들은 조용히 손을 들어 주십시오.

—가장 먼저 손을 드신 KBC 기자님 질문하십시오.

—감사합니다. 대통령님. KBC 전상호 기자입니다. 질문에 앞서 대통령님께서 취임하시자마자 우리나라에 기쁜 일들이 연속적으로 벌어지고 있어 국민의 한 사람으로 기쁘기 짝이 없습니다. 또한 이는 대통령님께서 복이 많으셔서 그런 일들이 연속적으로 벌어지는 것 같아 제 한 표가 올바른 선택이었다는 것으로 판명이 된 것 같아 무척이나 기쁩니다.

—하하하, 전상호 기자 덕담은 고맙게 받아들이겠지만 그렇다고 제가 KBC의 인사에 관여하고 싶은 생각은 전혀 없으니 참고해 주십시오.

—하하하, 당연하신 말씀입니다. 제가 대통령님께 드릴 질문은 유전의 위치가 정확하게 어디인가 하는 것입니다.

―국민의 알권리를 충족시켜드리기 위해서는 당연히 정확한 위치를 말씀드려야 하지만 사실 말씀드리기가 매우 조심스럽습니다. 일반적으로 그 정도로 많은 매장량을 가진 유전이라고 하면 매우 광대한 지역이라고 생각하기 쉬운데 이번에 발견한 유전은 특이한 구조를 가지고 있어서 그렇게 많은 매장량을 가지고 있음에도 불구하고 오롯이 그 섬에서만 채굴이 가능하다고 합니다. 제가 이렇게 말씀드렸는데도 불구하고 쓸데없는 욕심 때문에 유전을 개발한답시고 다도해 곳곳을 파헤칠까 두렵습니다. 아무쪼록 그러지 않기를 바라면서 정확한 위치를 말씀드리겠습니다. 여러분들께서 궁금하게 여기시고 계신 유전은 전라남도 무안군 운남면에 있는 조그만 무인도에 있습니다.

　대통령의 말이 끝나자마자 여기저기서 다이어리에 있는 지도를 보거나 노트북으로 무안군 운남면을 찾느라고 난리가 아니었다.
　그러다 도저히 이해가 가지 않는다는 듯 다시 질문을 하려고 여기저기서 손을 들었다.

—저기 매력적인 금발을 가지신 외국 여기자분 질문해 보십시오.

—르몽드지의 기자 세라 헤이건입니다. 500억~600억 배럴의 매장량을 가진 유전이라면 최소 수백 평방km에서 많게는 수천 평방km의 면적이 있어야 한다고 알고 있습니다. 그런데 미스터 프레지던트께서 말씀하신 대로라면 불과 1평방 km도 되지 않는 섬에서만 채굴할 수 있어야 합니다. 제가 알고 있기로는 띠섬이 있는 곳은 수심이 굉장히 얕아 썰물 때는 걸어서도 갈 정도인데 다른 곳에서 채굴을 할 수 없다는 게 상식적으로 납득이 가지 않습니다. 매장량이 500~600억 배럴이란 근거와 꼭 띠섬에서만 채굴이 가능하다는 근거는 무엇인지 말씀해 주시기 바랍니다.

—죄송하지만 그 질문에 대한 답은 제가 드릴 수 없을 것 같습니다. 유전의 구조와 매장량 산출에 관해서는 조금 후에 유전의 소유자인 그룹 '환'의 관계자 분이 나와 자세한 설명을 하시겠다고 합니다. 조금만 기다리시면 마음에 드는 답을 얻으실 수 있을 것입니다. 그러면 됐지요?

—예. 미스터 프레지던트. 조금 기다려 보기로 하겠

습니다.

—그럼 다음 질문하실 분은 손들어 주십시오.

기자들 가운데는 한세그룹 오너의 차남인 김철호를 보고 무언가 알겠다는 듯 고개를 끄덕였다. 김철호는 한세그룹의 후계자 가운데 한 명이었지만 특이하게도 그룹 '환'의 초창기 멤버가 되었고 현재 그룹 '환'의 이사 신분이라는 것을 알고 있었기 때문일 것이다.

기자들이 손을 들고 있는 것을 보던 서원명 대통령 은 질문자를 지목했다.

—가장 먼저 손을 드신 파란 넥타이 매신 기자분 질 문하십시오.

—주간 신경향의 소동수 기자입니다. 아까 대통령 님께서 말씀하신 3,000만의 희토류 광물이 매장되 어 있는 광산을 발견했다고 하셨습니다. 구체적으로 어떤 희토류 광물인지 말씀해 주시겠습니까?

—보고받기로는 산업에 쓰이는 대다수의 희토류 광 물이 모두 매장되어 있다고 들었습니다. 구체적인 답 변은 그룹 '환'에서 잠시 후에 보도 자료를 배포해서

자세하게 설명할 것입니다. 잠깐만 기다려 보십시오. 그룹 '환'에서 나오신 분 대답해 주실 수 있겠습니까?

—예, 대통령님. 잠깐 시간을 주시면 자세하게 설명을 해드리겠습니다.

—그럼 답변을 해 보십시오.

그룹 '환'에서 나온 임직원은 서원명 대통령에게 인사를 꾸벅하며 단상에 올라갔다.

그 임직원은 나이는 젊지만 꽤나 고위급인 듯 그 임직원이 단상에 올라가자 몇 사람의 부하 직원들에게 손짓으로 심부름을 시켰다.

심부름이라야 컴퓨터 출력물을 복사한 종이를 자리에 있는 기자들에게 배포하는 간단한 것이었다.

단상에 있는 임직원은 부하 직원들이 복사물을 기자들에게 모두 나누어 준 것을 확인한 다음에 비로소 자기소개를 하고 나서 설명을 시작했다.

—저는 그룹 '환'의 총괄 기획실장인 김철호라고 합니다. 저를 보고 고개를 갸웃하시는 기자 분들도 계시는 것 같은데 아마도 그분들께서 생각하시고 계신

사람이 맞을 겁니다. 여러분께서 보시고 계신 유인물에 나와 있듯이 우리 그룹 '환'에서 발견한 유전은 해저의 신비라는 블루 홀과 같은 구조로 되어 있다고 보시면 됩니다. 그러니까 지하 3~4km까지는 직경이 대략 200m로 이루어지다가 지하 3~4km가 넘어가면서 넓어지는 구조로 되어 있습니다. 참고로 말씀드리면 30억t의 매장량의 철광산과 3,000만 규모의 희토류가 매장되어 있어 우리 그룹 '환'의 철광산이나 희토류 광산은 단일 광산으로는 세계 최대의 매장량을 광산들이라고 할 수 있겠습니다. 특히, 이 희토류 광산을 발견함으로써 우리나라는 중국에는 다소 미치지 못하지만 세계 제2위의 매장량이라고 할 수 있는 희토류 광물 강국이 되었습니다. 게다가 우리나라 희토류 광산의 특이한 점은 중국보다 그 품위가 최소한 10배 이상의 고품위 광산이어서 실질적으로 우리나라가 세계 최대의 매장량을 가지고 있다고 보아도 무방하다는 것입니다. 또한 우리 그룹 '환'에서 발견한 희토류 광산은 지금 현재 첨단산업에 쓰이고 있는 희토류 광물들은 대부분 함유하고 있는 광산이라는 게 전문가들의 의견입니다. 물론 이런 유전과 광산들을 발견할 수 있었던 것은 물론 지하 수십 km 아래에 있는 물질이 무엇인지 정확하게 판별해 낼 수 있는 우리 그룹 '환'의 탁월한 기술력 때문입니다. 단언하건데 이런 우리 그룹 '환'의 특별한 기술이 아니고서는 그런 형태의 유전이 있다는 것을 전혀 알 수 없었을 것입니다. 마지막으로 덧붙일 말은 대통령님의 요청으로 기자님들께서 대통령님께 특별히 드릴 질문이 없으시면 이후의 질문은 제가 질문에 답을 해드리는 것으로 하겠습니다. 대통령님께 질문이 있으신 기자 분들께선 지금 손을 들어 주시기 바랍니다.

김철호의 말이 끝나자마자 한 사람이 손을 들었다.

―지금 손을 드신 분 질문해 보십시오.

―D일보의 성낙현 기자입니다. 제가 알아본 바에 의하면 유전이 있는 전라남도 무안군 운남면 소재의 띠섬은 불과 몇 년 전까지 국유지였다가 그룹 '환'의 오너인 최강권 회장께서 사들인 것으로 되어 있습니다. 그 외에도 소백산 자락에 있는 희토류 광산과 강원도 양양군에 있는 철광산 역시 최강권 회장께서 국

유지를 사들인지 불과 1~2년도 되지 않는 사이에 엄청난 희토류 광산과 철광산이 발견이 되었습니다. 대통령님 혹시 이것은 정경유착의 증표가 아닙니까?

—그것은 굳이 대통령님께서 답변을 하지 않으셔도 되는 것 같아서 대통령님께서 불쾌하지 않으시면 제가 답변을 해드리겠습니다. 대통령님, 그래도 되겠습니까?

서원명 대통령은 성낙현 기자의 질문에 가볍게 인상을 찌푸렸다.

성낙현 기자의 질문에는 J, G, D일보로 대변되는 친일 매체들이 늘 그렇듯 우리나라에 조금이라도 유리한 것에는 일단 흠집을 내고 보자는 의도가 깔려 있기 때문이었다.

하지만 자기는 정경유착과는 전혀 거리가 멀었기 때문에 그러겠노라고 흔쾌히 대답을 했다. 서원명 대통령의 허락이 떨어지자 이번에는 성낙현 기자에게 정경유착이 아니라는 증거를 대겠다고 말했다.

이렇게까지 말하자 성낙현 기자는 슬며시 후퇴를 했다.

─일단 김철호 이사님의 답변을 들어보고 미진하다고 생각이 들면 다시 대통령님께서 답변을 해 주신다고 약속해 주시면 그렇게 해도 되겠지요.

성낙현 기자의 말에 김철호는 자신 있는 어조로 답변을 했다.

─성낙현 기자님, 답변에 앞서 제가 기자님께 한 가지 여쭈어 볼 것이 있습니다. 그래도 되겠습니까?
─물론 제 질문에 만족하게 대답을 해 주신다면 그렇게 해도 큰 상관은 없겠지요.
─우선 기자님께 심심한 사의를 표하겠습니다. 제가 성낙현 기자님께 드릴 질문은 기자님은 과연 우리 그룹 '환'의 기술력에 대해서 얼마나 알고 계시냐 하는 것입니다.
─그거야 뭐라고 확실하게 말씀은 드릴 수 없지만 몇 가지 분야에서는 세계에서 톱에 해당한다고 할 수 있겠지요.
─세계에서 톱이라는 표현은 정확한 답이라고 볼

수 없습니다. 정확하게 말씀드리자면 우리 그룹 '환'의 기술력은 산업 전 부문에 걸쳐서 세계 톱 그룹보다 최소한 50년에서 100년은 앞서 있습니다. 여러분도 다 아시고 계시는 '보라매'를 시작으로 '근두운', '무한력'은 물론이고 최근에 전 세계적으로 호평을 받고 있는 '하나로 캡슐'까지 100여 가지 이상의 첨단 기술을 보유하고 있습니다. 또한 그 하나, 하나의 기술이 매년 최소 100억 달러에서 1,000억 달러 이상을 벌어들일 수 있는 기술이라는 것입니다. 제가 이런 말씀을 드리는 것은 그룹 '환'에서 돈을 벌려고 했다면 그 기술들을 과감하게 시장에 풀어 매년 순수한 순익으로 수천억 달러씩 벌어들였다는 것입니다. 그렇지만 우리 그룹 '환'에서는 그렇게 하지 않았습니다. 세상은 인간들이 더불어 살아가야 한다고 믿고 있기 때문입니다. 이제 성낙현 기자님의 질문에 답을 해드리겠습니다. 성낙현 기자님께서는 정경유착이 아니냐고 물으셨지요? 우리 그룹 '환'에서는 순이익으로 매년 수천억 달러를 벌어들일 수 있음에도 그렇게 하지 않고 있는데 굳이 정경유착까지 하면서 그까짓 유전이나 광산들을 챙기려고 하겠습니까? 또 한 가지 '무한력'은 석유와 거의 대체재에 가까운 기술입니다. 전혀 공해를 발생시키지 않고 에너지를 만들어 내는 '무한력'이 보급이 되면 석유의 값어치는 당장 바닥에 떨어질 것입니다. 굳이 좋은 소리를 듣지 못하는 정경유착을 하면서까지 유전을 갖지 않아도 된다는 말이지요. 성낙현 기자님, 기자님이라면 그런 '무한력'을 한정적으로 사용하고 있는데 굳이 정경유착 하면서까지 사양산업(斜陽産業)에 해당하는 유전을 얻고자 하겠습니까? 이것으로 답변이 되겠습니까?

김철호 그룹 '환' 총괄기획실장의 자신에 차 있는 대답에 장내에 있는 대다수의 기자들은 김철호의 말에 수긍한다는 듯 고개를 끄덕였다.

성낙현 기자 역시 자기가 오버했다는 것을 느꼈는지 힘없이 고개를 끄떡이는 것으로 대답을 대신했다.

김철호는 그룹 '환'을 무작정 까려는 친일 언론인 C, J, D일보 기자들의 얼굴이 붉게 달아오른 것을 보고는 내심 통쾌한 기분이 들었지만 내색하지 않고 다른 질문을 하라는 주문을 했다. 그리고는 어용이라고 할 수 있는 기자를 지목했다.

—대한민보의 이세기 기자입니다. 구슬이 서말이라도 꿰어야 보배라는 말처럼 엄청난 매장량의 유전이나 광산이 있다고 해도 이를 개발하지 않는다면 우리나라 경제에 현실적으로 아무런 영향을 미치지 못할 것입니다. 그룹 '환'에서는 유전과 철광산, 희토류 광산을 어떻게 개발하고 또 언제쯤이면 우리 유전에서 나오는 석유와 광물들을 실생활에서 사용할 수 있겠습니까?

　—이세기 기자님 좋은 질문을 하셨습니다.

　우선 유전 개발은 이미 착수한 상태고 유전에서 캐낸 원유는 신안군 자은도에 수십만t 규모의 배들이 동시에 두 척 이상 접안할 수 있는 시설을 갖춘 항구를 개항이 완공하는 대로 우리나라 정유공장에 즉시 공급할 수 있을 것입니다. 유전에서 자은도 항구까지는 해저 송유관을 사용해서 송출하게 됩니다. 이런 대부분의 시설들이 90% 이상 진척이 된 상태이기 때문에 별다른 사태가 발생하지 않는다면 넉넉잡고 한 달 안으로 우리 유전에서 나오는 석유를 쓰실 수 있게 될 것입니다. 두 번째, 철광산 역시 지금 한창 개발 중에 있으며 동해의 기사문항을 수십만t 규모의 화물선들이 두 척 이상이 동시에 접안할 수 있게 확장하는 대로 역시 우리나라 제철소에 공급하게 될 것입니다. 물론, 우리나라 제철소들이 이미 6개월 이상 쓸 정도로 철광석을 확보해 놓은 관계로 우리나라 제철소에 실질적으로 공급하게 되는 시기는 아마도 그 이후쯤이 아닐까 합니다. 세 번째로 희토류 광산의 개발 역시 이미 착수해서 90% 이상의 공정을 보이고 있기 때문에 늦어도 1~2개월 안이면 우리나라 광산에서 나오는 희토류를 우리나라 기업들에 공급할 수 있게 될 것입니다. 물론 이것 역시 우리나라 기업들이 확보해 놓은 물량들을 모두 소진한 다음에 공급하게 될 것입니다. 이상입니다.

 제일 궁금한 것들은 이미 질문을 해서인지 이 질문을 끝으로 특별하게 난해한 질문은 없었다.
 좀 의미심장한 질문이라면 유전과 철광산, 희토류 광산에서 벌어들이게 될 천문학적인 이익을 어떻게 쓰겠냐는 것이었다.
 김철호는 그 질문을 기다리기라도 했다는 듯 의기양양하게 대답을 했다.

―유전과 철광산, 희토류 광산에서 벌어들이는 순이익은 아마도 최소한 매년 1,000억 달러가 넘을 것입니다. 우리 그룹의 최강권 회장님께서는 유전과 광산들에서 얻게 되는 순이익의 90% 정도까지 지금까지는 전적으로 세금으로 해 왔던 오염방지 시설 등과 같은 사회 간접 자본과 저소득층의 빈곤 해소에 투자하기로 이미 계획을 세워 두고 있습니다. 물론 우리 회장님께서는 무작정 퍼 주는 식의 기부는 되도록 지양하고 가난한 환경에도 불구하고 이에 굴하지 않고 노력하려는 인재들을 위주로 투자를 하실 것입니다. 최강권 회장님께서 생각하시는 앞으로의 우리나라는 어떻게 태어났든 자기가 노력만 한다면 무엇이든 이룰 수 있는 최상의 복지국가입니다. 이는 우리 그룹 '환'의 기업 이념인 홍익인간, 재세이화, 광명천지와도 맞아떨어지는 것입니다. 이상입니다.

PASTD3789 : 야! 대박이다. 이제 우리나라도 당당하게 산유국 대열에 들었어. 산유국이 되었다고. 그동안 우리나라가 원유 때문에 얼마나 고생 많이 했어?

이제 기업하는 사람들 진짜 일할 맛이 나겠다. 정말이지 우리나라는 이제 고생 끝 행복 시작이네.

SSTB8045 : 이제 우리나라도 산유국이라고. 추카추카! 그나저나 1,000억 달러의 90%면 900억 달러 아냐? 그럼 그게 대부분 저소득층의 빈곤 해소에 쓰이겠네.

DFGT0049 : 산유국이 된 것에 자축! 그런데 SSTBU8045님, 좀 오버가 아닌가? 오염 방지 시설 등 사회 간접 자본에 투자되는 돈은 기본적으로 엄청나다고. 아마도 사회 간접 자본에 투자되는 것이 대부분일걸?

SSTB8045 : DFGT0049님께선 좀 모르시는군. 그룹 '환'에서 오염 방지 시설 등 사회 간접 자본에 대부분의 이익금을 투자한다고 해도 그동안 세금으로 사회 간접 자본에 투자되던 재원이 저소득층의 빈곤 해소에 쓰일 여력이 될 수 있다는 걸 말이야. 아무튼 우리나라가 과거보다는 훨씬 더 잘살고 좋은 나라가 될

the 리더

것이라는 것은 분명해. 이번 일은 단군 이래 우리 민족에게 생긴 가장 경사스러운 일인 것 같아.

공중파를 포함하여 모든 매스컴들이 일제히 중계하는 가운데 대통령 특별 담화를 발표하자 우리나라는 물론이고 전 세계가 완전 뒤집어졌다.

특히 우리나라 전역은 사람들이 거리로 뛰어나와 대한민국 만세를 불렀다.

사람들은 모였다하면 그룹 '환' 에서 유전과 철광산, 희토류 광산을 발견한 것을 단군 이래 최대의 사건이라고 떠들었다.

"우리나라도 이제 산유국이 되었다는데 그게 정말이야?"

"그러니까 서원명 대통령이 내외신 기자들을 모아놓고 직접 발표했겠지. 나는 그것보다 그룹 '환' 의 최강권 회장이 엄청 대단한 인물이라고 봐. 유전과 철광산, 희토류 광산에서 나오는 이익의 90%를 사회 간접 자본 건설과 저소득층의 빈곤 해소에 투자한다잖아. 생각해 봐, 우리나라에서 한 해에 원유와 철광석,

희토류 광물을 수입하는데 쓰는 돈이 1,000억 달러도 훨씬 넘는데 최강권 회장은 그렇게나 많은 돈을 전부 사회에 환원한다잖아. 세상에 누가 그러겠어?"

"세일아, 너도 참 순진하다. 너 어떻게 그 말을 믿냐? 그런 돈은 쓰는 것을 직접 봐야 믿을 수 있는 거라고."

"동건아, 너도 참 못됐다. 나는 다른 사람은 어떨지 몰라도 최강권 회장만큼은 자기가 한 말에 대해서 책임을 지는 사람이라고 확신해. 그룹 '환'에서 한 해에 기부하는 게 얼마인지 알아? 수백억 달러야. 어디 그것뿐이야? 그룹 '환'은 다른 대기업들보다 사원들 복지만큼은 확실하게 책임을 지잖아. 그룹 '환'에는 단 한 사람도 비정규직이 없다고 하잖아. 그것만 봐도 그룹 '환'이 기존의 재벌 그룹들과는 판이하게 다르다고 생각지 않아?"

우리나라 네티즌들만 들뜬 것은 아니었다.

해외 언론들 역시 어느 날 갑자기 자원부국이 된 대한민국에 대해서 말들이 많았다.

그 가운데 뉴욕 타임즈의 기사를 발췌해 보기로 하자.

—코리아의 끝은 어디까지인가?

코리아 대통령의 관저인 청와대에서 서원명 대통령은 특별 기자 회견을 열어 코리아에 새로운 유전과 철광산, 희토류 광산을 발견했다고 발표했다.

서원명 대통령 발표에 따르면 그룹 '환'의 떠섬 유전의 매장량은 자그마치 500~600억 배럴이나 된다고 했는데 이것은 단일 규모 유전으로는 아마 **세계에서 첫손가락을 꼽을 정도의 유전이라는 평가를 내려졌다.

북해유전이 대략 20억 배럴 정도로 볼 때 자그마치 북해유전의 25배에서 30배 정도 큰 유전이 아니겠는가?

아홉 번째에 해당하는 엄청난 것이었다.

또한 매장량이 무려 30억t에 달하는 철광산과 3,000t에 달하는 희토류 광산을 발견했다고 했다. 이것으로 코리아 경제의 아킬레스건으로 작용해 왔던 부존자원의 부족 문제는 해소되었고, 자급자족이 가능하게 되었을 뿐만 아니라 수출까지 가능하게 되었다.

그동안 코리아는 한강의 기적이라고 평가받을 정도

로 세계에서 그 유례가 없을 정도로 빠른 시간에 경제
성장을 이루어왔는데 최근 들어서는 업계의 선도를 이
루는 여러 가지 신기술들을 하루가 멀다 하고 발표하
곤 했었다.

특히 '보라매'와 '파동포'라는 첨단 무기는 코리아
의 국방력을 단숨에 세계 최강 대열에 올려놓았는데
이제는 자원 부국까지 이루었으니 과연 코리아의 약진
은 어디까지 이를 것인지 자못 기대가 되지 않을 수
없다.

······중략······.

20C 세계를 미국이 이끌어 왔다면 21C 이후의 세
계는 코리아가 이끌지 않을까 싶다.

뉴욕 타임즈 헤밍턴 기자.

—나는 대한민국 국민인 것이 무척이나 자랑스럽다.
대한민국이라는 이름이 비로소 세계에 알려지게 된
것은 드라마에서 시작하여 K—POP으로 정점에 오른
한류라고 할 수 있다. 그전까지만 해도 세계인들은 대
한민국을 그저 그런 별 볼일 없는 약소국이라는 시선

으로 바라보았음을 솔직하게 인정하지 않을 수 없다. 그러던 것이 '보라매'라는 전천후 신병기와 '파동포'라는 절대적 무기로 대한민국이 그저 그런 약소국이 아님을 세계에 알렸다. 쉬쉬하고는 있지만 세계 지도자들은 대한민국 군부에서 파동포로 대한민국 영해에 침범했던 중국의 항공모함을 한 방에 소멸시켜 버렸다는 것을 알고 있을 것이다. 하지만 대한민국은 여전히 조그만 땅덩어리와 빈약한 자원을 가진 자원 빈국일 따름이었다. 그동안 우리나라가 자원 때문에 얼마나 서러움을 당했는가? 그룹 '환'에서 개발한 지금까지와는 전혀 다른 새로운 에너지원인 '무한력'을 놓고 '무한력'을 전 세계에 보급하면 대한민국에 원유와 철광석을 공급하지 않을 것이라고 위협했다는 것을 아는 사람들은 잘 알 것이다. 이제 우리 대한민국은 자원에 있어서도 강대국이 되었고 자원으로 인해서 더 이상 서러움을 당하지 않을 것이라고 감히 말할 수 있다.

……중략…….

기자는 클리프 리차드가 내한 공연했을 때 여대생들이 팬티를 집어 던지면서 난리를 쳤었던 때 태어나

지는 않았지만 레이프 가렛 내한 공연 때 여고생들이
극성을 떨었었던 때에 태어났던 세대다.

당시 대한민국 국민들은 외국 것이라면 마냥 좋게
보았던 열등감에 찌들어 있었다.

하지만 지금 대한민국의 K—POP 가수들은 클리프
리차드나 레이프 가렛처럼 세계인들에게 열렬하게 환
호를 받는다.

그처럼 지금 대한민국 국민이라면 누구나 다 대한
민국에서 태어난 것이 자랑스럽다고 자신 있게 말할
것이라고 확신한다.

대한민보 이세기 기자.

일어나는 집안은 무엇을 해도 대박이 난다고 지금의
대한민국은 딱 그 짝이었다.

'보라매' 라는 최첨단의 전투기와 한 방에 항공모함
을 침몰시키는 파동포로 단숨에 세계 최강의 군사력을
보유하더니 이어서 온갖 첨단 기술들로 엄청난 부를
이루었다.

이 정도만 해도 어떤 나라에 뒤지 않는 위상을 세웠

다고 할 수 있었다.

그런데 대한민국의 융성은 그게 끝이 아니었다.

이번에는 그나마 아킬레스건으로 작용하는 자원마저도 왕창 보유하게 되었으니 이제는 세계 최강대국이라는 미국이 전혀 부럽지 않을 정도였다.

아니, 영국에서 시작해서 미국으로 이어지던 세계 최강국의 지위는 이제는 대한민국이 되었다고 해도 과언이 아닐 것이다.

그런데 우리나라에서 세계적으로 몇 손가락 안에 들 정도로 큰 유전과 철광산 그리고 희토류 광산이 발견이 되었다는 것이 전 세계에 보도가 되었는데도 이런 사실이 전혀 보도가 되지 않는 나라가 있었다.

바로 일본이었다.

20C까지만 해도 세계에서 일본 것을 제일 쳐 주었던 것들이 21C 들어서면서 하나, 하나 대한민국이 그 자리를 빼앗았는데, 이제는 지하자원마저도 자국에 앞서는 것에 불안한 일본이었던 것이다.

그렇다고 앉아서 세계가 어떻게 돌아가는 것을 알 수 있는 인터넷 시대에 일본인들이 우리나라가 하루아

침에 대박을 맞았다는 것을 모를 까닭이 없었다.

일본인들은 두 사람만 모였다 하면 우리나라의 유전과 철광산, 희토류 광산에 대해서 떠들어댔다.

PPLO3189 : 조센진들이 우리 일본을 가만두지 않을 거 같은데 어떡해야 하지? 왜 우리나라에 유전이 발견되지 않고 조센진들에게 유전이 발견된 거야. 이거 하늘이 원망스러워지는군.

JCRQ9763 : 어떡하긴? 결사 항쟁을 해서라도 기어코 조센진들에게 본때를 보여 주어야지. 대일본혼을 보여 주는 거야. 아랍인들이 미국 본토에 있는 쌍둥이 빌딩을 무너뜨렸듯이 우리 일본인들도 비행기로 잠실 제2롯데월드를 폭파시켜 버리는 거야. 조센진들이 약진을 했다고는 하지만 전반적으로는 아직 우리 일본에는 못 미친다고.

물론 네티즌들이 이런 골수 우익들만 있는 것은 아니었다.

양식 있는 일본 네티즌들은 손익 계산을 따지면서도

나름 축하를 해 주는 이들도 있었다.

TTTQ7749 : 대한민국에서 유전을 발견한 것을 축하함. 이웃 나라에 유전이 있으면 운송비가 대폭 줄어드니까 우리 일본의 경제에도 엄청 도움이 될 것이라고 본다.

DPUR6593 : 일단 축하. 우리 일본도 잘 뒤지면 대한민국보다 더 커다란 유전을 찾을 수 있을 고얌. ㅎㅎㅎ. 긍정적으로 생각해야지.

필라델피아는 델라웨어강의 우안(右岸)에 위치한 미국에서 가장 유서 깊은 도시 중의 하나다.

우리나라에서 온누리배 국제 축구대회의 예선전이 한창 치러지고 있을 때 이 필라델피아에 OPEC을 비롯해서 세계 산유국들의 대표들이 속속 모여들고 있었다.

아니, 그들 대표만 모이는 게 아니라 세계 경제에

영향력을 행사할 수 있는 강대국들의 통산성 대표들까지 모여들고 있었다.

우리나라도 금년부터 분명 산유국의 대열에 들어 있었지만 우리나라에는 전혀 통보조차 하지 않아서 참가하지 못했다.

하기야 아직 석유를 채굴하지 않고 있기 때문일지도 모른다.

그런데 산유국에 속하지 않은 일본은 대규모의 대표단을 파견했다.

그 이유는 이 모임을 주동한 나라가 일본과 중국이었기 때문이다.

물론 일본이 이 모임을 주도하는 의도는 우리나라가 난데없이 산유국이 되어서 배가 엄청 아픈데 우리나라의 무력이 무서워 직접적으로 시비를 걸지 못하기 때문이었다.

이는 중국 또한 마찬가지였다.

일본과는 달리 중국은 나름 끼어들 수 있는 여지가 있었는데 그것은 우리나라에서 발표한 유전의 위치가 자국과의 접경 지대에 속하는 것으로 보이는 2광구라는데 있었다.

사실 2광구는 중국이 미국의 석유 메이저와 손잡고 2000년대에 탐사에 들어가서 석유 매장량이 풍부한 것으로 평가를 내렸지만 유전의 위치가 애매해서 지금 개발이 보류 중에 있는 곳이었다.

물론 이것은 중국 측에서 날로 먹으려다가 상황이 여의치 않고 또 자국의 다른 유전도 있어서 보류하고 있는 곳이기도 했다.

아무튼 이 필라델피아는 '환' 그룹에서 '무한력'을 만들게 되면서 그에 대한 대책을 마련하려고 세계기업 연합(WUC) 임시 총회가 열리기도 한 곳이어서 최강권과는 그다지 좋은 인연이라고는 말할 수 없는 곳일 것이다.

*API(American Petroleum Institute) 비중
API비중이란 미국석유협회(American Petroleum Institute)가 1952년 제정한 비중표시법으로 원유의 비중을 물과 비교해 나타내는 지표다.

원유의 비중은 성분 탄화수소의 종류나 비점에 따라 다르며 이것이 중질, 경질의 차이가 되어 가격의 차이로 나타나는데 일반적으로 탄소수가 많을수록 비중이 커진다.

API 비중이 10도인 경우 물과 같은 비중을 가지고, 10도보다 크면 물보다 가벼워 물 위에 뜨며, 10도보다 작으면 물보다 무거워 가라앉는다. 석유계 액체가 섞여 있는 경우, 더 큰 API 비중을 가진 액체가 밀도가 작으므로 위로 뜬다. API 비중은 단위가 없지만 °API(API도)로 나타내며, 액체비중계(hydrometer) 등으로 잴 수 있다.

구체적으로 적시하면 탄소가 직쇄상(直鎖狀)으로 늘어선 파라핀계의 유분(溜分)이 많으면 비중이 작고, 거꾸로 나프텐이나 방향족(芳香族)이 많으면 비중이 커진다.

원유의 비중은 성분, 탄화수소의 종류나 비점(沸點)에 따라 다르며, 이것이 중질 · 경질의 차이가 되어 가격의 차이로 나타난다.

판정 기준으로 미국석유협회(API)가 비중을 책정하면 그것이 OPEC 원유 가격의 기본이 된다.

OPEC 기준 원유인 아라비안라이트의 API비중은 34로서 32이하의 쿠웨이트, 카프 지원유 등을 중질, 거꾸로 36 이상을 초경질원유라 한다. 경질원유로부터는 휘발유 등을 많이 빼낼 수가 있다.

**세계 산유국 원유 매장량 순위(1위~15위)

1위. 사우디아라비아 — 2,626억 배럴
2위. 베네수엘라 — 2,112억 배럴,
3위. 캐나다 — 1,752억 배럴,
4위. 이란 — 1,370억 배럴

5위. 이라크 — 1,150억 배럴

6위. 쿠웨이트 — 1,040억 배럴

7위. 아랍에미레이트 — 978억 배럴

8위. 러시아 — 600억 배럴

9위. 리비아 — 443억 배럴

10위. 나이지리아 — 372억 배럴

11위. 카자흐스탄 — 300억 배럴

12위. 카타르 — 254억 배럴

13위. 미국 — 207억 배럴

14위. 중국 — 148억 배럴

15위. 브라질 — 121억 배럴.

※호주에서 추정 매장량이 2,330억 배럴인 유전이 발견되었으나 이 유전은 채굴비가 많이 들고 경제성이 떨어지는 세일유전이어서 논란이 있다.

제2장
제1회 온누리컵 국제 축구대회(2)

제1회 누리컵 국제 축구대회는 이제 일정의 3분지 2를 소화하여 8강 가운데 한 팀만을 남겨 놓은 채 나머지 일곱 팀이 모두 가려졌다.

　우선 A조에서는 스페인이 4전 전승으로 조 1위를 차지해서 B조 2위인 포루트칼과 3승 1패로 A조 2위인 누리 축구단이 B조 1위인 아르헨티나와 각각 4강 진출을 놓고 겨루게 되었다.

　C조에서는 네덜란드가 4승으로 1위를 차지하였으며 시드 배정국인 이탈리아는 아깝게 네덜란드에 패해 3승 1패로 C조 2위가 되었다.

D조는 브라질이 3전 전승으로 8강 진출을 확정한 가운데 남은 한 자리는 2승 1무로 D조 2위를 달리고 있는 대한민국과 1승 1무 1패의 전적의 독일이 남은 한 경기의 결과에 따라 8강 진출 팀이 결정될 것이다.

대한민국은 지금 조 2위에 있지만 D조에서 제일 강한 팀으로 평가를 받고 있는 브라질과의 경기가 남아 있고, 독일은 D조 제일 약체로 평가를 받고 있는 칠레가 남아 있어 골득실에서 유리한 독일이 8강에 오를 수 있을 것이라는 것이 전문가들의 평가다.

그것은 대한민국이 거둔 2승이 경기 내내 뒤지다 막판에 겨우 역전을 시켰던 것이었고, 특히 독일이 4:1로 대파한 러시아에 대한민국은 90분 내내 뒤지다 끝나기 직전에 터진 동점골에 이어 버저비터나 다름이 없는 골로 겨우 이겼기 때문이다.

독일과 대한민국의 전력은 6:4 정도로 독일이 우세하다는 게 전문가들의 의견이고 또 실제로도 독일이 다 이긴 경기를 아깝게 비긴 것도 그것을 증명하고 있었다.

다만 단 하나의 변수는 이미 8강을 확정지은 브라질이 벤치 멤버들을 대거 기용해서 대한민국과의 마지막 경기에서 비기거나 진다는 것이었다.

그럴 경우에 대한민국이 비긴다고 하더라도 2승 2무로 승점 8점이 되어 독일의 남은 칠레와의 경기와는 상관이 없이 대한민국이 승점에서 독일보다 1점을 앞서 8강 진출을 하게 된다.

만약 이길 경우에는 대한민국이 D조 1위가 되어 C조 2위인 이탈리아와 경기를 하게 되고 D조 2위가 된 브라질은 C조 1위인 네덜란드와 8강전을 치르게 될 것이다.

물론 브라질도 D조 1위로 오르느냐 2위가 되느냐에 따라서 8강전 상대가 달라지지만 굳이 4강에 오르기 위해서 전적으로 벤치 멤버들을 기용하지 않을 수도 있다.

왜냐하면 4강에 오르면 최소 2,000만 달러의 상금이 보장이 되었기 때문이다.

독일 대표 팀 감독 요하임 뢰브가 믿고 있는 것 또한 바로 그것이었다.

그런데 브라질 대표 팀의 스콜라리 감독은 이런 요하임 뢰브 감독의 바람을 가볍게 비웃어 주고 있었다.

주전 스트라이커인 다미앙 대신에 프레데리코를 집어넣고 리오넬 메시의 대체자로 급부상한 네이마르와 파워 포드인 헐크 대신에 니우마루와 조나스를 집어넣는 등 전혀 예상 밖의 오더를 제출했던 것이다.

그것은 마치 우리 브라질은 8강 상대가 어떤 팀이 되던 이길 자신이 있으니까 우승하기 위해 주전을 쉬게 해 주겠다고 선언하는 것이나 다름이 없는 것이었다.

브라질의 오더에 인상을 찌푸렸던 요하임 뢰브 독일 감독이 대한민국의 오더를 보더니 찌푸렸던 인상이 활짝 펴졌다.

대한민국의 오더에 슈퍼 헥사곤 가운데 김강호 단한 명만이 포함되어 있었기 때문이다.

'마니 강 코리아 코치가 우리를 도와주는군. 그나저나 마니 강 코리아 코치는 왜 슈퍼 헥사곤들을 모두 기용하지 않는 걸까?'

요하임 뢰프 독일 대표팀 감독은 그것이 의문이었지만 어찌 되었든 강만희 대한민국 대표 팀 감독이 슈퍼 헥사곤들을 전부 기용하지 않는 것에는 상당히 기뻐하고 있었다.

대한민국 대표 팀 선수들을 비하하는 것은 아니지만 사실 요하임 감독은 기존 대한민국 대표 팀 선수들이 그다지 겁나지 않았다.

실제로 독일은 대한민국과의 경기에서 후반 20분까지 3:1로 여유 있게 앞서 가고 있었다.

그러던 것이 뺀질이 박치수와 더러코 성재만이 투입이 되면서부터 경기의 양상이 조금씩 달라지기 시작했고 경기가 끝났을 때 스코어는 3:3이 되었다.

만약 조금만 더 시간이 있었거나 기존 대한민국 대표 선수들이 박치수와 성재만에게 패스를 좀 더 했었더라면 대한민국에 역전패할 수도 있었다는 것을 요하임 뢰프 감독은 알고 있었다.

경기가 끝난 후에 자신의 컴퓨터 안에 담겨 있는 슈퍼 헥사곤 선수들의 경기들을 다시 한 번 찾아보았는데 이 슈퍼 헥사곤들만큼은 다시는 상대하고 싶지 않는 선수들이었다.

메시나 네이마르보다 더 개인기가 뛰어난 뺀질이 박치수, 골대에서 40m 정도부터 주의보에 들어가는 슈팅 머신 더러코 성재만, 10초 초반대의 빠르기를 자랑하는 발발이 송태진과 쌕쌕이 오경호, 187cm밖에 되지 않지만 거의 2m급 장신들을 능가하는 제공권을 갖춘 장다리 김강호 등 이들 다섯 명이 함께하는 공격력은 가히 나이트메어 급이었다.

슈퍼 헥사곤들이 무서운 것은 타의 추종을 불허하는 순발력도 순발력이거니와 더욱 무서운 것은 90분 내내 뛰어다니면서도 전혀 지치지 않는 지구력이었다.

요하임 뢰프는 칠레와의 마지막 경기를 하는 동안 내내 브라질과 대한민국의 경기에 이목이 쏠려 있었다.

독일이 마리오 고메즈와 메수트 외질, 토마스 뮐러가 한 골씩을 터트려 전반에만 칠레에게 3:0으로 이기고 있었기 때문에 그런 여유를 가지고 있는지도 몰랐다.

그리고 요하임 뢰프의 기대대로 브라질은 전반전이 끝난 상황에서 프레데리코와 니우마루가 각각 1골씩을 넣어 김강호가 1골을 만회한 대한민국을 2:1로 이기고 있었다.

만약 대한민국의 강만희 감독이 후반전에서도 슈퍼 헥사곤 선수들을 기용하지 않는다면 경기는 이대로 끝

날 가능성이 컸다.

요하임 뢰프는 강만희 감독이 후반전에서 슈퍼 헥사곤 선수들을 기용하지 않기를 바랐다.

그렇지만 요하임 뢰프의 이 바람은 이루어지지 않았다.

강만희 감독이 관중들이 슈퍼 헥사곤을 기용하라는 열화 같은 성원을 외면하지 못하고 후반전에 들어가자마자 발발이 송태진과 쌕쌕이 오경호를 기용할 수밖에 없었던 것이다.

와! 슈퍼 헥사곤이다.
발발이 달려라.
쌕쌕이 파이팅!

송태진과 오경호는 관중들의 환호를 받으며 그라운드에 들어서자마자 관중들의 기대에 부응하여 쉴 새 없이 뛰어다녔다.

원래부터 빠른 송태진과 오경호가 들어온 뒤에 다른 선수들의 배 이상을 뛰어다니자 브라질의 패스 워크가 흐트러질 수밖에 없었다.

그 결과 6:4 정도로 밀리던 전반전과는 달리 후반
전에서는 거의 대등하게 일진일퇴의 공방을 벌이게 되
었다.

그렇다고 우리나라가 경기의 주도권을 완전 장악하
지는 못했다.

그럴 수밖에 없는 것이 슈퍼 헥사곤에 해당하는 세
선수는 죽어라고 뛰어다니고 있었지만 나머지 선수들
은 설렁설렁 뛰고 있었고 거기에 슈퍼 헥사곤들에게는
패스를 해 주지 않았기 때문이다.

대한민국 대표 팀의 고질병이라고 할 수 있는 파벌
의 전형적인 병폐였다.

슈퍼 헥사곤들이 대표 팀에서의 위치가 맨 막내들이
다 보니 어쩔 수가 없었다.

—야! 강만희 이 씹새야, 뭐하냐? 슈퍼 헥사곤을
기용하라고.

—씨바, 강만희 이 씹새야, 너 지기만 하면 뒈질 줄
알아.

슈퍼 헥사곤 두 명이 들어와 경기가 얼추 균형을 맞

추자 관중들은 나머지 하나의 교체 카드로 슈퍼 혁사
곤 한 명을 더 기용하라고 난리가 아니었다.

후반전 35분이 지나고 10여 분이 남을 때까지도
교체 카드를 쓰지 않던 강만희 감독은 비로소 마지막
한 장 남은 교체 카드로 성재만을 투입했다.

성재만이 투입되면서 대한민국의 공격은 더욱 활기
를 찾게 되었지만 브라질의 노련한 술책에 말려서 경
기 종료 시간이 다 되고도 동점골을 터트리지 못했
다.

독일이 칠레를 6:0으로 이기고 있으니 경기가 이대
로 끝나면 우리나라는 독일과 같이 승점이 7점이 되
지만 골득실에서는 독일이 압도적으로 앞서고 있어서
우리나라의 예선 탈락은 확정적이었다.

후반 45분이 다 지나고 2분의 인저리 타임이 주어
졌다.

경기가 거의 끊어지지 않았으니 그 정도의 인저리
타임이 주어진 것도 우리나라로서는 감지덕지였다.

우리나라의 막판 공격이 계속되었지만 브라질의 수
비는 노련하면서도 견고해서 볼이 페널티 에어리어 안
으로 투입되는 것을 막았고, 거기에 중거리 숏 각도를

전혀 내주지 않았다.

인저리 타임도 거의 다 지나가는 시점에서 송태진은 페널티 에어리어 안으로 몰고 들어가는 마지막 승부수를 띄웠다.

물론 골을 넣지 못하면 우리나라의 탈락이 확정되기 때문이었다.

오경호도 그런 송태진의 의도를 읽었는지 합세해서 브라질 수비를 교란했다.

이런 송태진, 오경호의 공격이 먹혀 브라질 수비의 반칙을 유도할 수 있었다.

이제 경기는 프리킥을 차면 주심은 휘슬을 불 것이다.

마지막 찬스라고 할 수 있는 프리킥은 페널티 외곽에서 10여m 후방, 골대에서 대략 34~5m 떨어진 곳이어서 직접 슛을 쏘기에는 거리가 좀 멀게 느껴지는 곳이었다.

마지막 찬스라고 느꼈는지 골기퍼 정기룡 선수를 비롯해서 우리나라 대표팀 선수들이 모두 브라질 진영으로 들어왔다.

우리나라 프리킥은 대부분 이성용 선수가 차는데 이

성용 선수가 차려다 성재만을 불러 직접 슈팅이 가능한지 물었다.

그동안 거의 패스도 안 해 주던 이성용이 이렇게 물어오자 성재만은 내심 고까우면서도 대충 자기 생각을 말했다.

"아! 형, 대충 가능은 할 것 같네요."

"대충이라면 몇%로나 생각하냐?"

"한 반, 반반 정도 생각하면 될 것 같은데요."

"그럼 니가 차라."

"예에?"

"니가 차라니까? 딱 한 번밖에 찬스가 없으니까 최대한 넣는 것으로 하고."

'씨바, 이 새끼 뭐 잘못 먹은 거 아냐? 진작 이렇게 했으면 최소한 지고 있지는 않았을 거 아냐?'

성재만은 내심 이렇게 투덜거리면서도 단 한 번뿐이지만 그래도 기회를 준 것에 그동안 쌓였던 것이 조금은 풀어졌다.

성재만은 김강호와 송태진, 오경호와 눈빛을 교환하

며 작전을 짰다.

점프력이 엄청 좋은 김강호를 이용해서 포스트 플레이를 펼칠 것인가 아니면 자기의 중거리 슈팅 능력을 믿고 다이렉트 슛을 날릴 것인가는 성재만의 선택에 달려 있었다.

오늘만 해도 헤딩으로 한 골을 넣었고 몇 차례 위협적인 헤딩슛과 어시스트를 했기 때문에 김강호가 골에어리어 근처로 이동을 하자 브라질 벤치는 김강호를 집중적으로 마크하라는 사인을 냈다.

프리킥의 위치가 좀 멀었기 때문에 직접 슈팅은 힘들 것이라는 판단에 따라 브라질 수비의 위치가 김강호를 중심으로 포진하였다.

그리고 송태진과 오경호는 수비 좌, 우측에 포진해서 킥을 하자마자 골대로 쇄도할 준비를 했다.

그런데 성재만의 선택은 뜻밖에도 다이렉트 슛이었다.

그동안 연습해 왔던 경험에 따르면 지금 프리킥 지점에서의 성공률은 대략 50% 가까이 된데다 브라질 수비들이 철저하게 김강호의 헤딩을 막는 것 위주로 하고 있어 직접 슛을 쏘는 것이 성공률이 더 높을 것 같았기 때문이다.

성재만이 때린 슛은 김강호가 위치한 곳과는 반대편인 니어 포스트 쪽으로 휘어져 골대 안으로 들어갔다.

골인이었다.

다이렉트 슛을 하기엔 좀 먼 거리라고 판단을 했기 때문에 줄리오 세자르 브라질 골키퍼는 김강호에게 잔뜩 신경을 쓰고 있었는데 전혀 예상치 못한 방향으로 볼이 날아오자 손을 쓰지도 못하고 골을 허용하지 않을 수 없었다.

　

—골인! 골인입니다. 우리 선수들이 이 대회 최강으로 평가받고 있는 브라질에게 동점골을 터트렸습니다. 자랑스럽습니다.

　

성재만의 골은 거의 버저비터처럼 터졌다.

골이 터지자마자 주심이 경기 종료 휘슬을 불었던 것이다.

결국 경기 결과는 2:2로 끝이 났다.

대한민국이 2승 2무 승점 8점으로 D조 2위가 되었고, 브라질이 3승 1무 승점 10점으로 D조 1위가 되었다.

　독일은 이미 D조 최하위로 결정이 난 칠레를 맹폭
해서 6:0으로 이겼지만 2승 1무 1패 승점 7점으로
예선 탈락의 고배를 마시게 되었다.

　이렇게 해서 제1회 온누리배 국제 축구대회의 8강
이 모두 결정이 되었고 8강 경기는 스페인과 포르투
칼, 누리축구단과 아르헨티나, 네덜란드와 대한민국,
브라질과 이탈리아가 맞붙게 되었다.

　8강이 결정되자 온누리배 국제 축구대회에 세계 축
구인들의 이목이 집중되었다.

　1위부터 4위까지 주어지는 상금이 무려 1억 6천만
달러나 되는데다 배당금까지 더한다면 총 상금은 거의
3억 달러에 가까웠기 때문이었다.

　아직까지 이보다 더 많은 상금이 걸린 게임이 없다
는 것이 이목을 집중시키는 요인으로 작용하였다.

　4강에 들어야만 상금을 받을 수 있다는 것이 더 흥
미를 유발시켰기 때문이다.

　물론 배당금은 경기에 참가하는 팀이라면 모두 받는
다.

　다만 8위 밖의 팀은 체제비 등의 소요 경비를 제외

하면 남는 게 하나도 없지만 말이다.

세계 축구 전문가들의 대다수는 스페인과 브라질이 양강을 형성하고 있지만 누리축구단과 대한민국을 다크호스로 평가하고 있었다.

누리축구단의 선수들은 아직 노련미가 부족하지만 최강의 파괴력과 수비력을 갖추고 있고, 슈퍼 헥사곤으로 대변되는 대한민국의 공격력은 엄청난 파괴력을 갖고 있다고 평가하고 있었다.

문제는 누리축구단이 축구 열강의 노련미를 이겨 낼 수 있느냐? 또 대한민국 대표 팀이 슈퍼 헥사곤을 가동하면서 팀워크를 유지하느냐에 달려 있다고 보고 있었다.

그렇지만 우리나라 국민들 생각은 세계 축구 전문가들과는 약간 달랐다.

국민들 대다수의 불만은 강만희 감독이 왜 경기 초반부터 슈퍼 헥사곤들을 전부 기용하지 않느냐 하는 것이었다.

"과연 어느 나라가 우승을 해서 상금 1억 달러를

가져갈까?"

"아무래도 스페인과 브라질이 가장 유력하지 않을까?"

"슈퍼 헥사곤이 모두 뛴다면 우리나라 대표팀도 가망이 있지 않을까?"

"누가 뭐래? 그런데 강만희가 똥고집을 부려서 아직까지 단 한 경기도 슈퍼 헥사곤 전부가 뛰지 않았잖아. 8강전에서라고 전부 기용할까?"

"나는 누리축구단도 우승할 수 있다고 생각하는데? 누리축구단이 스페인에게 졌지만 오심만 아니었다면 지지 않은 경기였잖아."

"하긴 누리축구단 애들 한 명 한 명의 스펙이 다른 팀에 전혀 뒤지지 않으니 충분히 가능할 수도 있을 것 같아. 그런데 만약에 슈퍼 헥사곤 애들이 전부 누리축구단에 있었다면 최강이지 않았을까?"

"맞아. 슈퍼 헥사곤 애들이 누리축구단에 속해 있었다면 스페인이나 브라질도 충분히 이겼을 거야. 우리나라가 터트린 골들은 전부 슈퍼 헥사곤 애들이 넣은 거 아냐? 그러고 보면 강만희 감독이 얼마나 똘팍인지 알 만해. 예선 4게임에 슈퍼 헥사곤을 전부 기용한 게

임은 한 게임도 없잖아.”

“나는 강만희 감독만 탓할 것도 못된다고 생각해. 감독이라면 자기가 가장 잘 아는 선수를 기용할 수밖에 없다고 생각하거든. 물론 앞으로 남은 경기에서 슈퍼 헥사곤을 기용하지 않으면 똘팍 소리를 들어야 하겠지만 말이야.”

이런 생각은 이들만 하는 게 아닌 모양이었다.

브라질과의 경기가 끝나자마자 서원명 대통령에게서 전화가 왔다.

—이보게 강권이 내가 주승연에게 강만희더러 슈퍼 헥사곤 애들을 기용하게 하라고 했네. 우리나라 축구 대표 팀 경기를 보면서 열불이 나서 견딜 수가 있어야지?

“하하하, 정암이 이 사람아, 기왕 벌인 일이야 어쩔 수 없지만 선수 기용에 대해서는 전적으로 감독의 책임이라네. 물론 의식이 제대로 박혀 있는 축구 감독이라면 무조건 자기 입맛대로 선수를 기용할 수는 없겠지. 또한 스포츠라는 게 질 수도 있고 이길 수도 있는 거지 그렇게 흥분하면 되나?"

　─강권이, 나는 그렇게 생각하지 않네. 지금 우리나라에게 필요한 것은 이기는 것에 익숙해지는 것이라고 보네. 축구에서 뿐만이 아니라 뭐든 이기는 데 익숙해져야 한다는 거지. 그래서 사대주의의 폐해에 찌들어 있는 국민성 전반에 걸쳐 팽배해져 있는 자기 비하(卑下)적인 사고를 척결해야 된다고 보네.

　"하하, 자네의 말이 틀린 것은 아니네만 그런 사고는 머잖아 자연스럽게 없어지게 되어야지 억지로 만들려고 해서는 안 될 것이네. 오늘날의 한류가 어떻게 이루어졌는가를 한 번 생각해 보게. 불과 20년 전만 해도 한류가 지금처럼 세계 방방곡곡에 퍼지게 될 줄을 누가 생각이나 했는가? 그처럼 자연스럽게 우리 한민족의 영화가 자연스럽게 이루어질 것이네."

　─강권이 자네는 내가 알지 못하는 것을 알고 있지? 그런 것은 자네만 알지 말고 나에게도 말 좀 해주게.

　"하하하, 천기(天機)라는 것은 함부로 입에 담아서는 안 되는 것이라네. 그렇게만 알고 있게."

서원명 대통령이 최강권에게 대한 축구 협회장인 주승연에게 대표 팀의 선수 기용에 대해서 언급했다는 것은 사실이 아니었다.

오늘 대한 축구 협회장인 주승연을 청와대로 불러서 한 소리 하려는 것을 미리 에둘러 말한 것에 불과했다.

말하자면 최강권이 정치가들이 쓸데없는 곳에 압력을 가하는 것을 싫어해서 최강권의 의사를 은근슬쩍 떠보기 위한 것이었다.

서원명은 자기가 대통령이지만 최강권의 영향력이 얼마나 큰지 잘 알고 있기 때문에 최강권의 의사에 반해 자의적으로 일을 처리할 수 없다는 것을 잘 알고 있었다.

따라서 최강권이 엄청 부정적으로 이야기를 하면 그냥 지나가는 식으로 말하고 그렇지 않으면 주승연에게 슈퍼 헥사곤들을 기용하도록 압력을 가할 생각이었던 것이다.

그렇지만 권력이 좋은 게 무엇이겠는가?

이럴 때 한 소리 해 줄 수 있는 것도 포함되지 않겠는가?

사람이 화장실 들어갈 때 마음과 나올 때 마음이 달라진다더니 서원명 대통령 역시 권력의 맛을 보더니 조금은 달라졌던 것이다.

하기야 그것이 인지상정이 아니겠는가?

서원명 대통령은 주승연 회장과의 오찬에서 왜 잘하는 선수들을 기용해서 이기도록 해야지 못하는 선수들을 기용해서 겨우 이기거나 비기냐고 쓴소리를 했다.

그리고 8강전부터 잘하는 선수들을 기용하지 않으면 그대로 넘어가지 않겠다는 의사를 분명히 했다.

사실 많이 바뀌었다고는 하지만 여전히 알게 모르게 비리들이 있었고 대한 축구협회의 경우에는 그 정도가 더 심한 편이었다.

또 그렇지 않다고 하더라도 털어서 먼지 나오지 않는 사람이 없다고 작정하고 비리를 털자고 덤비면 나오지 않는 것이 이상할 정도여서 겁나지 않을 수 없었다.

서원명 대통령에게 한 소리 들은 승연 대한 축구협회장은 당장에 강만희 감독을 찾아가서 대통령의 의중을 전달했다.

"이봐, 만희 자네는 왜 슈퍼 헥사곤들을 기용하지 않아서 사람 애를 태우나? 대통령님께서 얼마나 역정을 내신지 알기나 하는가?"

"죄송합니다, 회장님. 하지만 축구라는 게 몇몇 사람이 잘한다고 해서 성적이 확 달라지지 않습니다. 게다가 기존에 손발이 맞는 선수들을 기용하는 것이 우선이지 않습니까? 뿐만 아니라 기존의 선수들을 기용하지 않고 어린 선수들을 기용한다는 것은 모험이고, 어린 선수들을 기용하고 고참 선수들을 벤치에 둔다면 팀워크에도 문제가 있어서 기존 선수들을 위주로 경기를 할 수밖에 없었습니다."

"이봐 만희, 그러면 왜 누리축구단의 반발이 적지 않았음에도 슈퍼 헥사곤 애들을 대표 팀에 뽑았는가? 기용하지 않을 생각이면 아예 뽑지 말았어야 하지 않는가? 또 슈퍼 헥사곤 애들을 기용한다고 해서 팀워크에 문제가 있다면 자네의 그것은 감독 자질이 문제가 되지 않겠는가? 대표팀 감독이 되어서 그 정도로 애들을 장악하지 못한다면 아예 감독을 맡지 말았어야지?"

"알겠습니다. 8강전부터는 슈퍼 헥사곤 중심으로 공격진을 꾸리도록 하겠습니다."

강만희 감독은 네덜란드와의 8강전에서 슈퍼 헥사곤들을 모두 기용하겠다고 할 수밖에 없었다.

주승연의 주장만 같으면 선수 기용은 전적으로 감독 고유의 권한이라고 반박할 수도 있겠지만 대통령까지 그랬다고 하니까 그럴 수밖에 없었다.

게다가 강만희도 보고 듣는 것이 있기 때문에 자기의 선수 기용에 대해 여론에서 엄청 때리고 있다는 것도 잘 알고 있었다.

인터넷에서는 강만희 감독에 대해서 말들이 많았고 심지어 일부 네티즌들 가운데는 강만희 감독을 마치 우리나라에서 없어져야 할 매국노처럼 묘사하고 있는 자들도 있을 정도였다.

FGRT5588 : 강만희가 슈퍼 헥사곤들을 기용하지 않은 것은 쪽바리들과 엄청 친한 것과 무관하지 않을 것이다. 온누리배 국제 축구대회가 열리기 며칠 전에 나는 우연히 부산 해운대구에 있는 룸쌀롱 신고구려에서 술을 먹으러 갔다가 강만희를 본 적이 있다. 거기에서 강만희는 쪽바리들과 아가씨들을 끼고 질펀하게 놀면서 쪽바리들과 축구 얘기도 한 것 같았다. 쪽바리들이 슈퍼 헥사곤에 대해 뭐라고 하니까 강만희가 쪽바리들에게 자기는 슈퍼 헥사곤들을 기용하지 않겠다고 하는 것 같았다. 물론 쪽바리들이 돈을 내고 갔다. 첨부한 영상을 보시라.

QRPC4989 : 요즘 한창 잘나가고 있는 우리나라에 반드시 없어져야 될 인간들이 몇 있는데 그 가운데 하나가 바로 강만희라는 인간이다. 강만희는 우리나라가 지는 걸 즐기려는 사람 같다. 왜 쉽게 이길 수 있는데도 이기지 않으려는 걸까? 그것은 강만희가 쪽바리들처럼 우리나라가 잘 되는 게 배가 아프기 때문이다. 쪽바리들과 어울려 아가씨들 끼고 술 처먹는 자를 대표팀 감독으로 선임한 대한 축구협회장 주승연이란 자도 마찬가지다.

인터넷에 강만희 동영상이라고 올라온 동영상에 나온 인물은 강만희 본인이 아니라 엄청 닮은 사람임이 밝혀져 곤경에서 벗어나기는 했지만 강만희 감독이 슈퍼 헥사곤들을 기용하지 않는 것에 대해서는 여전히 말들이 많았다.

사실 강만희 감독이 슈퍼 헥사곤들을 기용하지 않았던 것은 아이러니하게도 선수들이 슈퍼 헥사곤 애들이 너무 잘했기 때문이다.

대표팀의 손발이 맞지 않고 슈퍼 헥사곤들을 제외한 선수들이 설렁설렁 뛴 것도 기존 선수들이 주눅이 들었던 것과 전혀 무관하다고 볼 수는 없을 것이다.

강만희 감독은 기존 선수들이 잔뜩 주눅이 든 것을 알고 우리나라 축구 전반의 발전을 위해서는 기존 선수들을 다독거릴 필요가 있다고 보았던 것이다.

그래서 되도록 기존의 선수들을 위주로 꾸리고 컨디션이 영 아니다 싶은 포지션에만 슈퍼 헥사곤 애들로 하여금 뛰게 했었다.

강만희 감독의 의도는 좋았지만 문제는 선수들의 고민을 자분자분 대화를 함으로써 해결해 주지 않았다는 데 있었다.

강만희 감독의 성격 자체가 엄청 내성적이어서 자기가 생각하고 있는 것을 말로 표현하는 것이 아니라 행동으로 보여 주려고 했다.

사실 이런 성격은 오랫동안 인간관계를 맺은 사이에 서는 진국 소리를 듣지만 그렇지 못한 사이에서는 곡 해를 하기 십상이었다.

따라서 강만희 감독의 그런 깊은 속내를 알지 못하 는 선수들과 슈퍼 헥사곤들 사이의 관계는 원만하게 이루어지지 못했다.

기존 선수들은 열등의식 때문에 슈퍼 헥사곤들에게 일정한 거리를 두었고, 슈퍼 헥사곤들은 슈퍼 헥사곤 들 대로 처음으로 태극 마크를 단 것에서 오는 부담감 때문에 선배 선수들에게 가까이 다가가지 못했던 것이 다.

강만희 감독이 그나마 다행이라고 생각하는 것은 슈 퍼 헥사곤들이 자기들의 능력을 십분 발휘해서 팀을 패배의 구렁텅이에서 구했다는 것이었다.

모든 팀 스포츠 선수들이 개인의 영예보다는 팀의 승리를 우선하겠지만 특히 우리나라 국가 대표 선수들 은 우선적으로 애국을 앞세우기 때문에 그 정도가 심 할 정도다.

따라서 나라는 곧 팀이어서 자기에게는 어떤 일이

생기더라도 일단 팀이 이겨야 한다는 것이 머리에 깊이 박혀 있을 정도였다.

그렇기 때문에 8강전에서부터 슈퍼 헥사곤들을 선발로 기용하더라도 기존의 대표 팀 선수들이 크게 반발은 하지 않을 것이라는 확신이 들었다.

제3장
강권, 9클래스에 오르다

FIFA에서 온누리배 국제 축구대회 8강전에서 가장 흥미로울 것 같은 경기를 꼽으라는 설문 조사를 벌였는데 많은 네티즌들은 누리축구단과 아르헨티나전과 대한민국과 네덜란드 대표 팀 간의 경기를 꼽았다.

　물론 이 결과는 우리나라 네티즌들이 전체 참여자 가운데 50% 이상을 차지하는 것이어서 100% 신뢰를 할 만한 것은 아니었지만 우리나라 네티즌들을 제외한 나머지 참가자 가운데 50% 이상의 네티즌들 또한 동일한 경기들을 꼽았다.

SDJK4977 : 축구의 강국인 코리아는 행복한 나라이다. 특히 누리축구단의 위엄은 스페인이건 브라질이건 거스를 수 없다. 제3자적인 입장에서 봤을 때, 개막전에서 심판이 히스패닉계인 바르가스가 아니었다면 스페인은 누리축구단에 졌을 것이다. 누리축구단의 공격의 핵인 슈퍼 헥사곤이 빠진 상태에서의 경기가 이런데 만약 슈퍼 헥사곤이 원래처럼 누리축구단 소속이었다면 어땠을까? 나는 비록 스페인 사람이지만 누리축구단이 승리를 했을 것이라고 본다.

BRAJ5178 : 지금까지 나는 세계 최고의 팀은 브라질이라고 생각했다. 그렇지만 지금은 조금 달라졌다. 슈퍼 헥사곤이 원래 소속인 누리축구단에 있었다면 누리축구단이 세계 최고의 팀이라고 확신한다. 물론 경기는 해 봐야 알겠지만 공격의 핵이 빠진 상태에서도 누리축구단이 스페인과 대등한 경기를 치렀다는 것을 높이 평가하지 않을 수 없다.

ACDC3789 : 누리축구단이 제 실력을 발휘하면,

아니, 심판들이 정당하게 판정만 하면 아르헨티나 정도는 충분히 이길 수 있고 또 우리나라 대표 팀이 슈퍼 헥사곤만 기용한다면 네덜란드를 충분히 꺾을 수 있다고 봐.

SDFB9080 : 맞아. 별다른 변수만 없다면 누리축구단과 우리나라 대표 팀이 결승에서 만날 수 있을 거야.

그런데 전혀 생각지 못한 변수가 발생했다.
슈퍼 헥사곤 중의 한 명인 개인기의 달인 박치수가 5:5연습 게임을 뛰다 부상을 입어 네덜란드와의 경기에 뛰는 게 불투명하게 되었다는 것이다.
조민우는 박치수의 중, 고교 2년 선배였는데 박치수가 개인기를 발휘해서 완전 데리고 노는 게 기분이 나빴는지 미친 척하고 박치수의 발목을 노리고 태클을 해 버린 것이다.

"야! 조민우, 너 연습 게임에서 그따위로 태클을 할 수 있어?"

"……."

강만희 감독은 가해를 한 조민우에게 호통을 치면서 경기를 중단시키고 박치수의 부상 정도를 확인하지 않을 수 없었다.

대통령이 지켜본다는 말을 떠올리자 정신이 아득해졌던 것이다.

다행스러운 것은 발목이 부러지거나 인대가 파열이 된 큰 부상이 아니고 근육이 살짝 놀란 정도여서 3~4일 정도 쉬면 괜찮아질 것 같았다.

"야! 조민우, 너 방에서 꼼짝 말고 있어."

강만희 감독을 비롯해서 전 코칭스 태프들은 조민우에게 근신 처분을 내리고 박치수가 훈련 도중에 다친 것으로 외부에 발표하는 것으로 사태를 무마시키려 했다.

대표 팀 내에서의 불미스러운 사건은 원래 이렇게 처리하는 것이 관례처럼 내려오던 것이어서 이 사건 역시 그렇게 묻혀 버릴 가능성이 컸다.

그런데 국민들의 관심은 8강전부터 슈퍼 헥사곤들이 총출동하는 것이어서 박치수의 부상은 치료하는 과정에서 외부에 알려져 버렸다.

게다가 최강권이 불길한 예감이 들어 대표 팀 훈련장에 설치되어 있는 CCTV를 확인하면서 완전 뽀록나 버렸다.

8클래스 마스터의 예감은 범인(凡人)으로서는 생각지 못한 것을 알아차렸던 것이다.

'저! 저런 자식들 보게. 완전 눈 가리고 아웅 하잖아.'

강권은 온누리배 국제 축구대회의 성적보다는 기존의 잘못된 관행을 뿌리 뽑는 게 우선이라는 생각이 들자 즉시 주승연 대한 축구 협회장을 불러들였다.

주승연은 최강권이 어떤 인물이라는 것을 알기 때문에 부르자마자 잽싸게 달려왔다.

주승연은 가는 내내 최강권이 자기를 부르는 이유가 8강전부터는 틀림없이 슈퍼 헥사곤들을 기용하도록 할 것이라는 생각을 하면서.

그런데 주승연은 전혀 예상 밖으로 최강권의 노여움을 감당해야 했다.

"당신, 그따위로 할 거야? 내 새끼들을 애걸하다시피 데려갔으면 제대로 관리를 해 주어야 할 거 아냐?"

"회, 회장님, 지, 지금 무, 무슨 말씀이신지?"

"야! 이 새끼야? 너 똑똑히 봐. 나에게 불만이 있으면 나에게 말해. 왜 나에게 가진 불만을 내 새끼들에게 해코지를 하는 것으로 풀라고 하나?"

"회, 회장님, 그, 그게 무슨 말씀이신지?"

"야! 이 새끼야, 니 눈깔로 똑똑히 봐."

주승연은 CCTV 동영상에서 슈퍼 헥사곤 가운데 한 명인 박치수가 5:5 연습 경기에서 상대 반칙으로 발목에 부상을 입는 장면을 보았다.

"어, 어떻게 저런 일이…"

"너, 서원명 대통령이 8강전부터는 슈퍼 헥사곤

들을 모두 출전시키라고 하니까 그 말이 고까워서 저 새끼에게 일부러 내 새끼 발목 작살내라고 시켰지?"

"아, 아닙니다. 회장님, 저, 저는 절대 그러지 않았습니다. 맹세합니다."

"너, 어떻게 할 거야?"

"회, 회장님, 다, 당장 상벌위원회를 열어서 진상을 명명백백하게 밝히겠습니다."

"주 회장, 당신 이 CCTV를 봤다는 말은 하지 말고 강만희에게 어떻게 된 것이냐고 물어봐. 내 말이 무슨 말인지 알겠지?"

"예. 회장님. 지켜봐 주십시오."

강권은 주승연 회장이 가는 것을 보고는 '달'에게 지금 대표 팀이 묵고 있는 호텔의 모든 CCTV를 확인해서 대표 팀 선수들의 일거수일투족을 전부 파악했다.

조민우가 저런 행동을 한 것이 조민우가 독자적으로 한 행동만은 아닐 것이란 생각이 들었기 때문이다.

아니나 다를까, 대표 팀 선수들이 슈퍼 헥사곤들을 대하는 태도는 크게 세 부류로 나누어져 있었다.

한 부류는 슈퍼 헥사곤들에 나름 우호적인 행동을 하는 이성용, 기청용, 지홍민 등의 해외파들이었다.

두 번째 부류는 그저 방관하는 자들로 대표 팀의 루키들이었다.

세 번째 부류는 외국 리그로 가지 못하고 K리그에서 잔뼈가 굵은 나름 대표 팀의 고참에 속하는 자들로 나이 어린 슈퍼 헥사곤들이 잘나가는 것에 배가 아픈 녀석들이었다.

강권은 CCTV를 확인하다가 대표 팀의 최고참 중의 한 녀석인 이장희가 조민우에게 연습 게임을 하다가 발목을 작살내라고 하는 장면을 찾아냈다.

그것은 강권이 찾아냈다고 하기 보다는 '달'이 그동안 촬영됐던 모든 CCTV의 빠르게 검색하면서 문제의 장면을 찾아냈다고 하는 게 옳을 것이다.

그런데 교묘한 것은 단지 그 문제의 장면만 놓고 보자면 그냥 우스갯소리를 하는 것에 불과했지만 그런

장면들이 곳곳에서 보였고, 그것들을 전부 보면 명백하게 테러를 하라고 지시했다는 것을 확인할 수 있었다.

　—주인아, 저 자식 저거, 박살 내야 하는 거 아냐?
　"그러게 말이다. 이 개자식들을 완전 매장시켜 버려야겠어."

　또한 이 기회를 빌려 자기가 없더라도 대한민국이 제대로 돌아가기 위해서는 대한민국에서 벌어지는 구태의연한 것들을 모조리 일소할 필요가 있다는 생각을 하고 있기 때문에 저런 녀석들을 매장시켜 버려야 한다는 생각이 들었다.
　지금 대한민국이 잘나가고 있지만 그것은 어디까지나 자기가 있어서이지 자기가 없었더라면 아직도 강대국들의 눈치나 보는 약소국에 불과할 것이라는 데서 울화가 치밀었다.
　그러다 문득 강권은 자기가 이런 것까지 신경을 쓰고 있는 것이 이상하다는 생각이 들었다.
　'내가 겨우 이런 것에 핏대를 세우다니 내가 제정신

인가?'

아닌 게 아니라 강권은 요사이 조그만 일에도 문득 문득 화가 치밀어 오르곤 했다.

소드마스터와 7클래스는 깨달음이 있어야 이룰 수 있는 경지고 깨달음이 있다는 것은 스스로를 통제할 수 있다는 것과 같다.

따라서 소드마스터에 8클래스 마법사인 강권에게는 있을 수 없는 일이었다.

강권은 문득 이상한 생각이 들어 자기의 개입이 없었으면 우리나라 주변의 정세는 어떻게 돌아가고 있을까 하는 생각을 했다.

아마 그것은 9클래스의 화두가 시간이고 역사는 시간과 관련이 있기 때문일지도 모른다.

"아무리 생각해도 이상하군. '달' 아, 내가 도대체 왜 이러는 거냐?"

—주인아, 내가 생각하기에는 주인도 이제 9클래스에 오르려나 보다. 나도 한동안 또라이처럼 행동을 했었잖아.

"뭐라고? 너 지금 나더러 또라이라고 그러는 거야?"

—에이, 설마. 내가 주인에게 또라이라고 할까 봐. 주인도 알다시피 내가 9클래스에 오를 때 한동안 또라이처럼 행동했었단 말을 한다는 게 그렇게 되었는데 주인이 그걸 그런 식으로 해석하면 안 되지.

"그러니까 너는 내가 지금 9클래스에 오르려고 그런단 말이지?"

—아마 그럴 거야.

강권은 7클래스는 거리, 8클래스는 공간, 9클래스는 시간에 관한 것이라는 '달'의 말에 따라 시간에 관한 명상에 들어갔다.

명상의 화두를 잡는 방법에는 두 가지 방법이 있다.

자기와 가장 가까운 것에서부터 시작하는 방법과 자기와 무관한 절대적인 가치에서 시작하는 방법이 그것이다.

강권은 전자를 화두의 틀로 잡았다.

우선 가장 먼저 떠오르는 것은 로또 복권에 당첨된 것이었다.

로또 복권에 당첨이 되고 기쁨도 잠시 무려 100억

원이라는 엄청난 돈을 떼였다.

정확히 말하자면 100억원이라는 엄청난 돈과 세 사람의 전생을 읽는 것과 교환이 되었다고 해야 옳을 것이다.

사실 100억원이라는 돈은 평생을 벌어도 손에 쥐기 힘든 거액이다.

하지만 그 100억원 대신에 얻은 전생을 읽는 능력과 비교하면 그 가치는 너무 소소한 것에 불과했다.

어떤 연유인지는 몰라도 죽음의 문턱에서 스스로의 전생을 알게 되었고, 명학의 전생을 읽음으로써 무공과 마법을 알게 되었다.

또한 전생을 읽음으로써 경옥을 알게 된 것은 100억 따위에 비할 수 있을 것인가?

단언하건데 경옥에 비하면 100억 따위는 코 묻은 동전에 불과했다.

경옥을 생각하자 강권의 얼굴에 행복한 미소가 어렸다.

이렇게 소소한 것에서부터 시작된 명상의 화두는 요즘 역사(시간)에 관한 것으로 그 범위를 넓혀 가고 있었다.

그것은 물론 강권의 의도는 아니었다.

강권은 문득 자기가 개입을 하지 않았으면 역사가 어떻게 바뀌었을까 하는 생각이 들었다.

골드 드래곤 칼리크 레고우스의 상념에 따르면 치만선인께서 쪽바리들이 임진왜란 때 지맥에 쇠기둥을 박아서 역사가 왜곡될 것이라고 하셨다고 했다.

강권은 여기에서 과거는 물론이고 미래 역시 볼 수 있다는 생각을 가졌다.

비단 치만선인의 예가 아니라도 북창이나 격암, 토정 등의 행적을 미루어 볼 때 인간은 미래를 볼 수 있는 게 확실했다.

그렇게 거창하게 따지지 않더라도 강권이 정성기로 살았을 때의 삶만 돌이켜 보더라도 미래를 읽을 수 있다는 것은 확실했다.

'쪽바리들이 임진왜란 때 우리 지맥에 쇠말뚝을 박지 않았더라면 우리의 역사가 어떻게 되었을까?'

보통 위인들은 명산의 정기를 받고 태어났다는 말이 있는 것처럼 일반적으로 풍수의 지맥의 영향으로 큰 인물이 태어난다고 보았을 때 지맥에 쇠말뚝을 박는

행위로 상당수의 위인들이 일본인으로 태어났을 수도 있을 것이다.

하지만 *천망회회 소이불실(天網恢恢 疎而不失) 말이 있는 것처럼 천기란 것은 그렇게 간단한 것이 아닐 것이다.

즉, 쇠말뚝을 박아서 지맥을 바꾸는 것으로 일시적으로 쪽바리들에게 유리할지는 몰라도 결국 더 큰 응보를 받게 될 것이다.

만약 그렇지 않았더라면 수천 년 미래를 읽을 수 있으셨던 치만선인께서 쪽바리들의 작태를 아시고도 그대로 두지 않았을 것이다.

'그렇다면 치만선인께서는 쪽바리들이 임진왜란과 일제강점기 때 우리 지맥에 쇠말뚝을 박으실 것을 아시고도 왜 그대로 두었을까?'

아마도 역사의 커다란 줄기에는 하등의 영향이 없을 것이란 판단 때문이었을 것이다.

강권은 자기가 역사에 개입을 하지 않았을 때 대한민국과 쪽바리들의 미래에 대해서 깊은 생각에 잠겨들었다.

조선시대 관상감 정첨을 지낸 정성기로 살았던 때를

돌이켜보면서 선정에 들자 미래에 벌어지는 일들이 마치 파노라마처럼 펼쳐졌다.

물론 그 파노라마가 미래라는 확신은 없었지만 미래일 것 같다는 강한 느낌이 들었다.

사실 정성기였을 때도 미래를 어느 정도 읽을 수 있었지만 그것은 딱 최강권이 죽을 때까지의 미래까지였었다.

어쩌면 딱 그 정도였다면 강권이 역사에 개입을 하지 않았을 것이고 미래는 원래대로 흘러갔을지도 모른다.

그러던 것이 골드 드래곤 칼리크 레고우스와의 인연으로 미래는 또 한 번 왜곡이 되어 버렸고, 강권은 대한민국과 세계의 역사에 개입을 하게 되었다.

그것은 마치 북경에서 나비가 날갯짓을 하면 뉴욕에 허리케인이 닥쳐 온다는 것과 같은 나비효과와 같은 의미를 갖고 있었다.

그런데 역사가 달라지면 그에 상응하는 대가가 있어야 한다.

대한민국의 역사는 한민족의 역사이고 한민족은 21C 중엽 이후, 정확하게는 2025년 이후부터 차차 세계 문화나 경제의 중심지가 되는 것이 원래의 한민족의 역사였다.

그러던 것이 쪽바리들이 한반도의 지맥에 쇠말뚝을 박음으로써 약간 틀어져 버렸고 그것을 강권이 다시 원래의 방향으로 틀었다.

물론 21C 중엽 이후에야 우리나라가 완전한 자주국가가 되는 것을 10여 년 앞당겼지만 그동안 당하지 않아도 될 것에 대한 보상으로 보면 된다.

여기서 중요한 것은 지금의 대한민국의 역사는 원래는 없어야 할 것이 새로 생긴 것이 아니라 있어야 할 것을 찾아먹는 것에 불과하니 별다른 대가는 필요 없다는 것이다.

대가가 있다면 강권이 골드 드래곤 칼리크가 살았던 이계로 가야 하는 정도일 것이다.

"아하! 지축이 바로 서고 대한민국이 제일의 길지(吉地)이자 복지(福地)로 된다는 것이 바로 그런 의미였구나."

강권이 이렇게 외친 것은 원래 지구는 23.5도로 기울어져 우리나라처럼 중위도에 있는 나라들은 사시사철이 생기는데 지축이 바로 서면서 우리나라는 사계

절이 없어지고 아열대에 가까운 상춘(常春)의 기후가 되었기 때문이다.

마치 우리나라의 기후가 미국의 LA 일대의 기후처럼 여름에는 그다지 덥지 않고, 한겨울에도 영하로 떨어지지 않았다.

반면에 쪽바리들 경우에는 우리 지맥에 쇠말뚝을 박음으로써 원래 쪽바리들에는 없어야 할 것들을 새로 향유하게 되었으니 그 대가는 자못 심각했다.

그것은 일본 열도가 화산들이 터졌고 지진으로 갈라졌으며 종국에는 태평양으로 가라앉아 수많은 인명 피해의 형태로 나타났다.

인구의 절반 가까이 피난을 가지도 못한 채 하룻밤 사이에 씨몰살을 당했다.

구체적으로는 지축이 바로 서게 되는 과정에서 일본 열도는 제주도 정도의 크기만을 남기고 전부 가라앉게 될 것이다.

그런데 일본 열도가 가라앉는 것이 마치 우리나라를 감싸는 방파제처럼 되어서 우리나라는 예전처럼 큰 태풍을 겪지는 않을 것이지만 일본 땅에선 인간들이 거의 살 수 없는 땅이 되어 버릴 것이다.

이는 쪽바리들이 자기네들이 저질렀던 잘못을 인정하지 않고 오리발을 내미는 것 역시 쪽바리들의 조상들이 우리 한반도의 지맥에 쇠말뚝을 박아 우리 배달족의 복을 가로채려는 것에 대한 응보일 것이다.

또한 이것은 근 이천 년 동안 왜구로 동북아 일대를 노략질했던 조상의 업보, 정확하게 말한다면 전생에 그들이 저질러 놓은 업보를 청산한 결과일 것이다.

'천망회회 소이불실(天網恢恢 疎而不失)이라.'

인생이란 한 번 가면 그뿐인 게 아니다.

사방 40리의 바위가 백 년에 한 번씩 옷깃에 스쳐 바위가 다 닳아 없어지는 '겁'이라는 세월 동안 인간은 완전체에 가까워질 때까지 수많은 생으로 태어난다.

그래서 이생에서 지은 업보를 청산하지 못하면 다음 생에서까지도 그 업보를 청산해야 한다. 이것이 이른바 윤회라는 거다.

강권은 다시 한 번 천도(天道)가 살아 있음을 실감할 수 있었다.

한편 쪽바리들이 왜곡에 대한 응보로 이렇게 되는데

비해서 떼놈들은 역사와 조상들을 왜곡하는 응보로 러시아처럼 소수 민족들이 모두 독립을 해 버리고 원래의 지나족은 두 개의 조그만 소국으로 분열이 되어 버렸다.

진나라나 당나라 등이 들어섰던 서안(西安)을 수도로 섬서성(陝西省) 일대에 건국이 되는 북지나와 합비(허페이)를 수도로 안휘성(安徽省) 일대에 들어서는 남지나가 바로 그것이었다.

중국이 이렇게 분열이 되어 버리는 데는 강권이 중국으로 보내 일을 시켰던 송시후의 역할이 엄청 컸다.

그러니까 진시황의 **분서갱유(焚書坑儒)에도 불구하고 살아남았던 방대한 양의 중국 고대 사서들을 발견해서 중국의 고대사가 전부 날조되었다는 것을 증명했기 때문이었다.

그 사서들에 의하면 지나인들이 자기네 나라의 시조처럼 섬겼던 ***삼황오제들이 전부 한민족인 배달족에 속했고 뿐만 아니라 자기네 문자라고 여겼던 한자(漢字)가 배달족이 만들어 사용했던 문자임이 밝혀지게 되었다.

게다가 그동안 자기네 역사라고 우겨 왔었던 역사상

중국 대륙에 존재했던 여러 나라들이 따지고 보면 대부분 소수 부족들이 세웠던 왕조였음이 밝혀지자 소수 부족들이 독립해 버렸던 것이다.

중화(中華)라는 자존심에 의해서 지탱이 되었던 중국이란 나라에서 중화정신이 사라져 버리자 더 이상은 버틸 수가 없었던 것이리라.

이에 반해서 그동안 중국이라고 생각했었던 곳에 있던 신라와 백제의 후예들이 다시금 배달족으로 새로 편입이 되었다.

그 결과 우리나라는 서해(西海)가 마치 내해(內海)처럼 되는 거대한 제국이 되어 버렸다.

지금 중국의 동안 일대와 저 북만주까지 전부 대한민국의 영향 아래 편입이 되었다.

물론 하나의 제도권 안에 편입이 되어서 완전히 하나의 나라에 속하게 되는 것은 21C 후반에나 이루어질 것이다.

"하! 이렇더란 말이지?"

강권은 일본과 중국의 미래에 대해 알아본 김에 미국의 미래에 대해서도 생각해 보았다.

미국의 경우에 중국이나 구 러시아가 분열되던 수순

에서 크게 벗어나지 않았다.

정도의 차이는 있었지만, 버라마의 뒤를 이은 대통령이 된 자들이 연달아 강력한 미국을 표방하며 무리수를 거듭 두다가 구 러시아나 중국처럼 소국으로 분열이 되었다.

유럽이나 자원의 부국이라는 브라질, 최근 IT 강국으로 거듭나는 인도도 체제 내적으로 내재하고 있는 근본적인 문제점의 표출로 자체적인 딜레마에서 벗어나지 못했다.

결론적으로 21C 후반 이후부터 대한민국의 위엄을 거스를 만한 강대국들은 없었다.

21C 후반의 세계는 마침 지금 강권이 신기술로 만든 압도적인 무력을 바탕으로 만들어 놓은 세계 질서처럼 되어 버렸다.

대한민국은 인구가 3억이 넘고, 영역은 지금 중국의 3분지 2에 이르는 거대한 제국이 되어 세계를 좌지우지하는 초강대국의 면모를 갖추었다.

게다가 K—POP을 비롯한 한류의 영향으로 대한민국은 세계의 중심국가가 되었고, 더 나아가 22C에는 한글이 세계 공용어로 통용이 되었다.

물론 이는 모두 한류(韓流)의 영향이라고 할 수 있었다.

뿐만 아니라 25C 이후에는 세계의 최강국은 단연 대한민국이었다.

정확하게 말하자면 이 대한민국은 지금까지의 사대주의(事大主義)에 찌들고, 매국노들이 활개를 치며, 배덕자(背德者)들이 기득권층으로 자리 잡은 그 대한민국이 아니었다.

환인(桓因)의 아들인 환웅이 세웠다는 그 한국(桓國)할 때의 그 대한민국이었다. 그리고 그 한국의 건국이념은 고조선의 건국이념과 한 가지인 홍익인간(弘益人間), 재세이화(在世理化), 광명천지(光明天地)였다.

그래서인지 원리 원칙이 통하는 사회였고, 말이 법보다 우선하는 사회였다.

인간이 만들어 낸 법은 언제나 최후의 수단이기 때문이었다.

또한 내 아이, 네 아이가 따로 없고 국가와 사회는 모든 국민을 날 때부터 죽을 때까지 전부 책임을 졌다.

한국(桓國)은 더 말할 나위 없이 소설 속에서나 존재하는 완전한 이상사회였다.

'하! 그런 세상이 도래하다니…… 그런 세상이 얼마나 더 지속이 되지?'

강권은 내친김에 더 미래로 영역을 넓혀 무려 3,000년 미래까지 관조했다.

그런데 그 3,000년 후 미래의 지구는 상당히 많은 부분이 빙하지대였다.

상당히 큰 화산이 폭발하여 그 여파로 화산재가 온통 대기에 퍼져서 태양빛을 차단한 결과 지구의 반 이상은 더 이상 생물이 살 수 없는 구역이 되어 버렸다.

지축이 똑바로 서지 않았다면 아마 지구의 3분지 2는 빙하에 덮여 있을지도 몰랐다.

물론 인간들은 그것을 사전에 감지해서 지구 곳곳에 지름 1~10km 정도의 반구형 돔을 만들어서 지구의 모든 생물의 멸종과는 거리가 멀었다.

또 다행인 것은 우리나라가 있는 중위도 지역은 그런대로 영향이 적다는 것이었다.

마치 애국가의 구절처럼 하느님이 보우하사 우리나

라 만세가 아닐 수 없었다.

하지만 화산이 폭발하지 않을 때와 어찌 비교할 수 있겠는가?

생물들이 살기 좋은 본래의 환경이 되기까지는 수백 년이나 걸린다.

그렇다고 해서 인간들의 영역이 줄어든 것은 아니었다.

아니, 오히려 인간들의 영역은 더욱 넓어졌다고 보는 게 옳을 것이다.

바로 화성으로의 진출이 본격화되었기 때문이다.

강권은 3,000년 후에 화산의 폭발로 인해서 지구상에서 멸종하게 될 수많은 생명들을 안타까워하다 비로소 9클래스에 대한 가닥을 잡을 수 있었다.

이렇게 9클래스는 단지 시간뿐만이 아니라 생명에 대한 근원적인 생각까지 포괄하는 개념이었던 것이다.

9클래스에 오르자 강권의 몸이 공중으로 떠오르면서 휘황찬란한 금빛으로 물들었다.

원래 금색은 땅의 색이고 9클래스에 오르면서 강

권의 무진신공 또한 진일보를 의미하는 것이기도 했다.

그때였다.

강권의 몸에서 한 꺼풀의 허물이 벗어짐과 동시에 우두둑거리면서 다시 한 번 환골탈태가 이루어지기 시작했다.

지금까지도 거의 완전체에 가까웠는데 이제는 인간으로서는 더 바뀔 수 없는 완전한 신체를 이루어지게 되었던 것이다.

얼마나 지났을까.

강권은 선정에서 깨어나면서 자신이 비로소 9클래스에 진입했다는 것을 느낄 수 있었다.

―주인아, 축하해. 이제 주인도 드디어 대현자의 반열에 들었구나.

"하하하, '달'아 고맙다. 그나저나 시간이 얼마나 지났지?"

―주인아, 주인에게는 이제 시간은 큰 의미가 없어. 또 시간이 얼마 지나지도 않았고.

"뭐야? 나는 시간이 엄청 흐른 것 같다고 느꼈는데

얼마 지나지 않았단 말이지?"

　―주인아, 9클래스는 원래 그래. 주인보다 내가 먼저 9클래스에 올랐잖아.

"하하하, 그래? '달' 아, 니 팔뚝 굵다."

　강권은 9클래스에 진입을 하면서 그동안 불안정했던 이전과는 달리 '달' 의 자기를 은근히 무시하는 자기 자랑에도 불구하고 크게 노엽지 않았다.

　아니, 노엽다고 하기 보다는 새로 태어난 상쾌한 기분이 들었다.

　게다가 다시금 골드 드래곤 칼리크 레고우스의 안배에 따라 이계의 지식들이 속속 뇌리에 주입이 되기 시작하는 것이었다.

　놀라운 것은 이계의 지식들이 강권의 뇌리에 차곡차곡 주입되면서 동시에 다른 생각을 할 수 있다는 것이었다.

　그것은 마치 양심신공(兩心神功)을 연성한 것과 같이 두뇌를 거의 100% 활용할 수 있게 된 것이었다.

　문득 이계의 지식들이 강권의 뇌리에 주입이 되는

것은 한 가지 이유 때문이라고 느껴졌다.

'이제 명학(冥鶴)이란 녀석을 처단하러 이계로 가야 할 시간이 가까워졌는가?'

지구의 안전과 이계의 수많은 생령들의 안전을 위해서 살인마가 된 명학을 반드시 처단해야만 한다.

그것이야말로 강권의 업보이자 숙명인지도 몰랐다.

어쩌면 명학 때문에 강권이 골드 드래곤 칼리크와 연을 맺게 되었는지도 모를 일이었다.

강권은 이계에 가기에 앞서 이곳에서 마무리를 지어야 한다고 생각했다.

그룹 '환'은 자기가 없어도 제대로 돌아갈 것이고 이계에 가기에 앞서 해야 할 일은 그동안 생각해 왔던 디자인의 질을 높이는 것과 우주에 관한 것이었다.

'디자인 올림픽이나 우주선을 만드는 것도 중요하지만 가장 우선적으로 해야 할 일은 박치수란 아이의 발목부터 고쳐 주는 것인가?'

박치수의 발목을 고친다는 것에 생각이 미치는 순간 이계의 포션이 떠오르는 것은 어찌 된 일일까?

포션에 꼭 필요한 것은 트롤의 피였다.

트롤 피가 포션에 꼭 들어가는 이유는 트롤의 끊임 없는 재생력에 있었다.

그렇다면 지구에서도 트롤 대용으로 삼을 만한 것들이 있을 것 같았다.

강권의 뇌리에 일감으로 떠오르는 것은 바로 ****불가사리였다.

불가사리라는 이름은 죽이기가 불가능하다는 뜻의 한자어인 '불가살이(不可殺伊)'에서 유래했다고 한다.

물론 죽이기가 불가능한 것이 아니고 극피동물의 특성상 강력한 재생력을 갖고 있기 때문이라고 보는 게 옳다.

이게 바로 트롤과 같은 성질이 아닐까?

강권은 '달'에게 불가사리를 연구하여 포션을 만들어 볼 것을 명령했다.

—주인아, 불가사리? 가만 있어 봐.

'달'은 강권의 말에 흥미를 느낀 듯 강권의 말이 끝나자마자 인터넷에 접속을 해서 불가사리에 대해 각종 자료를 찾아보는 것이었다.

─주인아, 잘하면 불가사리로 포션을 만드는 게 가능할 것도 같은데…….

"그래. '달' 너에게 포션을 만드는 임무를 줄 테니까 최대한 빠른 시간 내에 '불가사리표 포션'을 만들어 봐. 내 예상대로라면 트롤의 피로 만드는 포션에 못지않을 거라는 생각이 들거든. 포션 외에도 불가사리의 특성을 이용하면 포션을 만들지 못한다고 하더라도 엄청 유용한 약품을 만들어 낼 거 같아."

─알았어. 주인, 실망시키지 않을게.

* 천망회회 소이불실(天網恢恢 疏而不失)

노자(老子) 73장 임위편(任爲篇)에 나오는 말로 하늘의 그물
은 굉장히 넓어서 눈은 성기지만 선한 자에게 선을 주고 악한 자
에게 앙화(殃禍)를 내리는 일은 조금도 빠뜨리지 아니한다는 의미
를 갖고 있다.

** 분서갱유(焚書坑儒)

진나라가 전국시대를 끝내고 천하통일을 이루었는데 이것은 지
방분권적인 주나라의 봉건제도를 끝내고 중앙집권적인 군현제도를
시행하는 또 다른 의미가 있었다. 그런데 봉건제도로 돌아가자는
움직임이 일자 군현제도의 주창자인 이사의 주장에 의해서 백성들
에게 꼭 필요한 의약서, 점복서, 진나라 역사서를 제외한 일체의
책들을 수거해서 태웠는데 이것이 바로 '분서(焚書)'에 해당한다.

분서의 이듬해에 아방궁이 건립이 되자 진시황은 오래 살고 싶
어서 불로장수의 신선술법을 닦는 방사(方士)들을 불러들여 후대
했다.

그들 중에서 특히 노생(盧生)과 후생(侯生)을 신임했으나, 두
방사는 많은 재물을 사취(詐取)한 뒤 시황제의 부덕을 비난하며
종적을 감춰 버렸다.

이에 시황제는 진노해서 함양(咸陽)에 있는 유생 460여 명을
체포하여 결국 이들을 구덩이에 매장시켜서 분을 달랬다는데 이
일을 가리켜 '갱유(坑儒)'라고 한다.

이 두 사건을 합하여 분서갱유라 하는데 무엇보다도 국가권력

에 의해서 사상과 학문의 자유가 억압되는 최초의 선례가 되는 사건임과 동시에 고대 역사와 문화의 단절을 가져오는 불행한 사건이 아닐 수 없다.

***삼황오제

3황(三皇), 5제(五帝)는 중국 고대의 전설적인 여덟 명의 제왕을 가리키는 설화 속의 인물들이다.

우선 3황은 일반적으로 사람들에게 물고기 잡는 법을 가르쳐 주었다는 복희씨(伏羲氏)와 농사짓는 방법을 가르쳐 주었다는 신농씨(神農氏), 인간을 창조했다는 여와씨(女媧氏)를 말하며 천황(天皇), 지황(地皇), 인황(人皇 또는 泰皇)으로 기록하기도 한다.

또한 삼황 가운데 여신인 여와씨 대신에 나무를 마찰하여 불을 얻어 음식물을 요리하는 방법을 가르쳐 주었다고 하는 수인씨(燧人氏)나 축융씨(祝融氏)를 드는 경우도 있다.

사기(史記)를 지은 사마천(司馬遷)은 3황의 전설을 믿을 수 없는 것으로 생각했는지 사기의 기술을 오제본기(五帝本紀)에서부터 시작한다.

사마 천이 5제로 든 것은 황제헌원(黃帝軒轅), 전욱(顓頊), 제곡고신(帝嚳高辛), 요(堯)와 순(舜)이다.

그런데 삼황오제는 중국 역사의 대표적인 인물들이나, 이들은 모두 동이족(東夷族)이었다는 중국의 사료들이 존재한다.

또한 이 동이의 역사적인 범주가 과거에 산동성(山東省)이나 요동성 등을 포함했다는 점에 의거하면 삼황오제를 비롯해 동이 전체를 한민족으로 보는 비주류 역사관도 있다.

특히 고사변(古史辯)에는 '동이(東夷)는 은나라 사람과 동족이며, 그 신화 역시 근원이 같다.'고 한다.

또 어떤 사료에 따르면 오제 가운데 황제 헌원 대신에 소호 금천씨를 넣는 경우도 있는데 삼국사기에는 신라인과 가야인은 그

조상을 소호 금천씨라고 했고, 고구려인은 그 조상을 제곡 고신씨 또는 전욱 고양씨라고 했다고 기록되어 있다.

결국 중국의 위상을 높이기 위해서 삼황오제는 중국의 역사가 아니라 동이의 역사였던 셈이라는 증거가 아닐 수 없다.

****불가사리

불가사리는 가시가 난 피부와 방사 대칭체제가 가장 큰 특징인 극피동물에 속한다.

최근 전 세계의 바다에서 급격히 숫자가 늘어나 왕성한 식욕으로 다른 생물을 무차별적으로 잡아먹어 생태계를 파괴하는 해적 생물로 알려져 있다.

그렇다고 모든 불가사리가 해로운 것만은 아니다.

우리나라 갯벌 생태계에 해로운 영향을 미치는 종은 아무르불가사리 단 한 종뿐이며, 나머지 불가사리들은 주로 죽은 동물의 사체를 먹어 치우는 등 바다의 부영양화를 막아 주는 이로운 역할을 한다.

특히 우리나라의 토종 불가사리들은 조개 등 어패류를 먹지 않고 오직 죽은 동물의 사체와 유기물만을 먹으며 여름에 먹잇감이 떨어지면 높은 수온 때문에 행동이 둔해진 아무르불가사리를 공격하기도 한다.

불가사리라는 이름은 '죽일 수 없다' 는 뜻의 한자어인 '불가살이(不可殺伊)'에서 유래했다고 한다.

그 이름처럼 불가사리는 팔 같은 신체의 일부가 잘리면 원래의 몸에는 새로운 팔이 자라고, 잘린 팔은 또 하나의 개체로 살아날 만큼 재생력이 뛰어나다.

불가사리는 재생 능력뿐 아니라 번식력도 강하여 암수 따로인 경우, 한 몸인 경우와 자신의 몸체를 나눠서 생식하는 경우 등 종류에 따라 번식 방법까지 다양하다.

현재 불가사리의 강력한 재생력과 번식력에 대한 약용 연구는 국내외 연구진에 의해 활발히 이루어지고 있다.

불가사리의 강력한 재생력을 응용해서 항암제를 연구하거나 불가사리 팔이 잘렸을 때 절단 부위가 감염되지 않고 새로운 팔이 재생되는 데서 착안하여 새로운 개념의 항생제를 연구하기도 한다.

바다 나리류나, 해삼, 성게 등의 극피동물도 불가사리처럼 몸의 상당 부분에서 재생 능력을 갖고 있다고 한다.

제4장
이긴다는 것은 좋은 것이야

강권은 국가대표 팀 선수들이 묵고 있는 라온 호텔
로 갔다.

강만희 감독 등 대표 팀 코칭 스태프를 혼내 주는
것이야 주승연 대한 축구 협회장에게 맡겨 놓았으니
강권의 할 일은 바로 발목을 삐끗한 박치수를 치료해
주는 것이었다.

대표 팀 선수들이 묵고 있는 라온 호텔은 그룹 '환'
산하의 호텔이니 박치수가 몇 호실에 묵고 있다는 것
역시 알고 있어서 굳이 다른 사람의 힘을 빌릴 필요도
없었다.

이럴 때 인비저블 마법과 언락 마법은 매우 유용했다.

강권이 이처럼 마법을 써서 박치수가 묵고 있는 방을 찾아가고 있는 것은 그룹 회장이 출두했다는 것을 알면 호텔 전체가 비상이 걸리기 때문에 되도록 몰래 가는 것이었다.

라온 호텔은 그룹 '환' 산하의 오성급 호텔로 '라온'이란 말은 '즐거운', '기쁜'이라는 뜻을 갖고 있는 순우리말이었다.

라온 호텔은 강권이 그룹 임원진의 반대에도 불구하고 고급화 전략의 일환으로 무조건 최고급 친환경 소재들을 사용해서 지은 호텔이었다.

단백질 섬유로 뼈대를 세우고 그사이에 질 좋은 *황토를 채워 넣는 방식으로 한옥과 유사하게 만들었다.

게다가 호텔 객실 내부의 인테리어는 **피톤치드를 가장 많이 발산한다는 편백나무와 인체에 이로운 기를 뿜는다는 춘천 연옥을 주로 사용했다.

그래서인지 '라온'이란 호텔의 이름에 걸맞게 실내가 매우 쾌적했다.

그 결과 일단 투숙했던 손님들은 다음 날 아침에 쾌적한 몸 상태에 놀라워했다.

그도 그럴 것이 원적외선을 발산하는 황토방에서 밤새도록 몸을 찜질했고 거기에 삼림욕과 같은 효과인 피톤치드 요법을 받았으니 쾌적하지 않으면 오히려 이상할 정도였다.

이것은 곧바로 매출의 증가로 이어졌는데 숙박비가 서울의 특급 호텔과 비교를 해도 훨씬 비쌌음에도 불구하고 장기(長期)로 전환시키는 VIP 고객들이 늘었다는 보고를 받았던 것 같다.

강권은 박치수가 묵고 있는 방으로 슬며시 들어갔다.

그런데 웬걸? 박치수 대신에 엉뚱한 녀석이 퍼질러 자고 있는 게 아닌가?

이 엉뚱한 녀석은 슈퍼 헥사곤들을 왕따시키는데 앞장을 서던 함재덕이란 녀석이었다.

강권은 엉뚱한 녀석이 박치수의 방을 가로채서 퍼질러 자고 있자 엄청 화가 났다.

사실 강권이 슈퍼 헥사곤들에게 방을 따로 배정했는

데 그것은 그 방들이 누리축구단의 김장한 감독과 영상통화를 할 수 있기 때문이었다.

또 다른 이유는 슈퍼 헥사곤들에게 배정을 받은 방들만이 누리축구단 애들이 사용했던 새로운 형태의 훈련 장비인 '풀스'를 쓸 수 있었기 때문이다.

그런데 방을 뺏기면서 김장한 감독과 영상 통화를 하지 못하게 되었고, 새로운 형태의 장비인 '풀스'를 사용하지 못하게 되었던 것이다.

한 번 미운털이 박힌 녀석은 이래저래 미운짓거리만 골라 하는 모양이었다.

결국 조용히 박치수만 방문하고 말려고 했는데 한바탕 소란을 피워야 될 모양이었다.

아나나 다를까 그룹 '환'의 오너이자 회장인 강권이 라온 호텔에 방문하자 라온 호텔은 호텔 총지배인부터 호텔 벨보이까지 완전 뒤집어졌다.

덩달아 대표 팀 코칭 스태프들과 선수들도 덩달아 바짝 긴장을 할 수밖에 없었다.

강권은 호텔 총지배인의 안내를 받으며 슈퍼 헥사곤들이 묵고 있는 호텔 펜트하우스로 올라갔다.

이 펜트하우스는 한 달 전에 예약을 하지 않으면 일

반 투숙객들을 받지 않았고 오로지 그룹 '환' 임원진들만 투숙을 할 수 있었다.

강권은 펜트하우스에 가자마자 슈퍼 헥사곤들에게 배정한 펜트하우스에 엉뚱한 녀석들이 차지하고 있는 것에 대표 팀 코칭 스태프들을 불러오게 했다.

강만희 감독을 비롯한 코칭 스태프들은 지은 죄가 있어 잔뜩 얼어서 불려왔다.

"찾으셨습니까? 회장님."

"강 감독, 내가 내 새끼들을 대표 팀에 보낸 것은 강 감독을 믿어서인데 도대체 어떻게 선수들을 지도했기에 내 새끼들이 부상을 당한 것이오?"

"죄, 죄송합니다. 회장님."

"그것은 그렇다 치고, 내가 묵어야 할 곳에 특별히 내 새끼들에게 배정을 한 것은 다 그럴 만한 이유가 있어서인데 왜 엉뚱한 녀석들이 있는 것이오?"

"예에? 그, 그럴 리가 없을 텐데요?"

"그럴 리가 없다니, 그럼 내가 묵어야 할 곳에 내 새끼들이 묵지 않고 저 녀석들이 퍼질러 자고 있는 것은 뭐요?"

"……."

알고 보니 함재덕과 떨거지들은 강만희 감독 모르게 슈퍼 헥사곤 애들에게 선배 티를 내며 강제로 바꾼 모양이었다.

강권이 포스를 뿜어내며 강만희 감독을 비롯해서 대표 팀 코칭 스태프들을 압박하자 다들 견디기 어려운 모양이었다.

불과 1분 정도만 포스를 발산했을 뿐인데도 강만희 감독을 비롯한 대표 팀 코칭 스태프들은 식은땀에 흠뻑 젖어 있었다.

"강 감독, 당장 내 새끼들을 이곳으로 불러 올리시오."

강권의 말이 떨어지자 코칭 스태프들이 나서서 퍼질러 자고 있는 함재덕과 떨거지들을 깨워서 부랴부랴 숙소를 바꿨다.

슈퍼 헥사곤들은 다들 아직 자고 있지 않았는지 멀쩡한 얼굴로 펜트하우스에 올라왔는데 강권의 얼굴을 보자마자 넙죽 인사부터 했다.

강권은 슈퍼 헥사곤들을 짠하게 보며 대답을 했다.

"그래. 고생 많았다. 내가 좀 더 신경을 썼어야 하

는데 그러지 못해서 미안하다."

"아, 아닙니다. 회장님."

"내 새끼들만 놔두고 다들 물러들 가시오."

"예. 회장님."

"⋯⋯."

강만희 감독을 비롯해서 대표 팀 코칭 스태프들은 강권의 축객령에 불만이 있는지 입이 세 치는 나왔지만 다들 물러갈 수밖에 없었다.

"박치수, 너 다쳤다는데 좀 어떠냐?"

"회장님, 괜찮습니다. 다음 경기에 뛸 수 있을 것 같습니다."

강권이 박치수의 상태를 보니 CCTV에서 본 것과는 달리 크게 걱정할 정도는 아닌 것 같았다.

조민우란 녀석이 함재덕의 테러 명령에 발목을 노리고 태클은 했지만 마지막에 힘을 뺐던 모양이었다.

게다가 무극십팔기를 변형시켜 전수해 준 무극십삼세로 인해 증가된 반사 신경도 나름 효과가 있었던 것 같았다.

이 정도라면 박치수의 말대로 다음 경기에 뛰어도

크게 지장이 없을 것 같았다.

하지만 최상의 컨디션을 유지하고 부상을 방지하기 위해서는 강권이 손을 쓸 필요가 있어 보였다.

손을 쓴다고 해서 거창하게 마법 치료를 한다거나 하는 게 아니라 기를 이용해서 마사지를 해 주는 정도 라는 말이었다.

강권은 마사지로 박치수의 상태를 호전시킨 다음에 8강전 상대인 네덜란드에 대비한 맞춤 훈련을 위해서 새로운 형태의 훈련 장비 '풀스' 의 사용법을 가르쳐 주었다.

"이게 누리축구단 애들에게 새로 지급한 '풀스' 라 는 장비다. 이 '풀스' 는 누리축구단의 메인 컴퓨터와 연동을 해서 경기 상대에 대한 맞춤 훈련을 할 수 있 고, 자면서도 자기의 몸에 맞는 새로운 기술들을 연마 할 수 있게 설계되어 있다. 누리축구단 애들이 너희들 이 없는 가운데서도 세계 강호들을 이길 수 있게 된 비결이기도 하다."

"회, 회장님, 오늘 당장 사용해도 되겠습니까?"

"물론 이것은 너희들을 위한 것이니까 사용해도 된

다. 내가 너희들에게 바라는 것은 강대가 누구든 간에 지지 말라는 것이다. 그럴 수 있겠지?"

"예. 회장님. 저희들은 무적의 누리축구단입니다."

"형님, 나이도 어린것이 좀 건방지지 않습니까?"

"승설아, 그렇게 생각해서는 안 돼. 너도 세상은 나이가 전부가 아니라는 것을 알 만한 나이가 되지 않았냐?"

"그, 그건 그렇지만 그래도 우리들은 대표 팀 코칭 스태프들인데 마치 지 아랫사람 대하듯 하니까 엄청 기분이 나빠서 그렇지요."

"그 양반 입장도 생각을 해야지. 총 3억 달러의 돈을 걸어 놓고 국제 축구대회를 열었는데 우리가 누리축구단의 핵심 선수들을 빼왔으니 그 양반도 기분이 나쁘지 않겠냐? 게다가 애지중지하는 선수들을 데려다가 부상까지 입혔으니 얼마나 기분이 나쁘겠냐?"

"그, 그렇기는 하지만……. 아무튼 우리 대표 팀

코칭 스태프들을 장기판의 졸로 보니까 내가 이러지
요?"

사실 기분이 나쁘기는 강만희 감독도 마찬가지였지
만 슈퍼 헥사곤 애들을 국가대표로 차출을 하면서 누
리축구단의 김장한 감독과 한 말이 있어 면목이 서지
않는 강만희였다.

그나저나 최강권 회장이 저렇게 나오니 나중 일이
좀 걱정이 되기도 해서 강만희는 마음이 편치 않았
다.

'젠장, 최강권 회장의 마음에 들기만 하면 미래가
보장이 된다는데 미운털만 박혔으니 어떻게 만회를 해
야 하나?'

강만희가 믿고 있는 것은 김장한 감독과의 사이가
그렇게 나쁘지 않다는 것이었다.

게다가 김장한 감독의 절친인 강원 FC의 조용호
감독과는 선수 시절에 한 팀에서 오랫동안 함께 있
었기 때문에 나름 친하다면 친해서 조용호를 통한다
면 어느 정도 도움은 받을 거라는 것도 믿는 바였
다.

이 생각, 저 생각 끝에 문득 문제는 지금부터라는

생각이 들었다.

잘못은 누구나 저지를 수 있지만 잘못인 줄 알았다면 더 이상 똑같은 잘못을 저지르지 않는 것이 중요하다는 게 강만희의 철학이었다.

또 자기가 일부러 슈퍼 헥사곤들을 소외시키려 한 것이 아니고 팀 전체를 생각해서 한 잘못이니 떳떳하지 못한 것은 없다는 것도 어느 정도 작용을 했다.

강만희는 내일 일어나자마자 선수들을 소집해서 더 이상 슈퍼 헥사곤들을 왕따시키지 않도록 주의를 주어야겠다는 마음을 먹었다.

예선전과는 다르게 8강전부터는 온누리배 국제 축구대회는 세계 축구 팬들의 이목을 사로잡았다.

그것은 카벨 FIFA 회장이 먼 산 불구경하듯 하던 그동안의 태도를 버리고 적극적으로 온누리배 국제 축구대회의 홍보에 나선 것이 주효했다.

썩어도 준치라고 15년 이상 FIFA의 수장으로 활

동을 해 온 카벨의 영향력은 무시할 수 없었기 때문일 것이다.

또 하나의 이유로는 4강부터는 스포츠 대회 사상 최고의 판돈이 걸렸다는 것도 무시하지는 못할 것이다.

그렇지만 온누리배 국제 축구대회 열기는 예상했던 것만큼 크지 않았다.

그것은 그룹 '환' 이 터트린 메가톤급의 발표로 인해서 온누리배 국제 축구대회의 열기가 다소 식었기 때문이었다.

참으로 아이러니한 일이 아닐 수 없었다.

'하나로 캡슐' 의 임상 실험에 대한 그룹 환의 발표는 놀라운 것이었다.

'하나로 캡슐' 로 열 명에 달하는 노인들이 한 명도 빠짐없이 몇 십 년씩이나 젊어졌고 고혈압 등의 성인병이 나은 사람도 있다는 것이었다.

심지어 말기 암을 비롯해서 AIDS, 루게릭병 등 불치의 병까지 나았다고 했다.

실로 믿어지지 않는 내용이었다.

"저게 정말 사실일까?"

"그렇겠지. 몇 개월 전에 한 삼십 년은 젊게 해 준다는 '하나로 캡슐'에 대해서 떠들썩했었잖아. 또 '하나로 캡슐'의 임상 실험에 응할 사람들을 뽑는다고 했었는데 그 이후로 아무 말도 없었잖아."

"그럼 그때 뽑은 사람들에 대한 임상 실험에 대한 결과인가?"

"아마, 그렇겠지."

사실 이 결과를 발표하기까지 그룹 '환' 내에서도 상당히 논란이 있었다.

결론적으로 강권이 우겨서 어쩔 수 없이 발표했었다.

강권이 우긴 것은 바로 필라델피아에서 그룹 '환'과 우리나라를 상대하기 위해서 필라델피아에서 세계기업연합(WUC) 임시 총회가 열린 것과 관련이 있었다.

어차피 앞으로의 세계는 대한민국 위주로 재편될 것이기 때문에 굳이 쓸데없이 신경을 쓰지 않겠다는 강권의 속셈이었다.

세계기업연합(WUC)을 암중으로 주도하는 로스차

일드 가문, 록펠러 가문 등의 당대 가주들이 모두 70대 이상의 노인이란 것에 착안해서 당근을 준 것이었다.

물론 강권은 프리메이슨과 일루미나티 그리고 세계기업연합(WUC)이 힘을 합쳐서 반발을 하더라도 조금도 두렵지 않았다.

소드 마스터에 9클래스의 대마도사.

그게 아니더라도 파동포와 보라매를 능가할 수 있는 무기가 없다.

게다가 최소 100여 년은 앞선 기술들로 인해 경제는 탄탄하니 세계가 힘을 합쳐서 덤비더라도 강권은 눈 하나 깜빡하지 않았다.

하지만 문제는 그들이 반발을 억누르는 과정에서 필연적으로 당하게 될 일반 서민들의 괴로움을 강권은 모른 체할 수 없었다.

강권이 두려워하는 것은 바로 그것이었다.

게다가 강권의 예지로 바라본 향후의 세계는 어차피 대한민국을 중심으로 돌아갈 것이다.

결과가 그러할진데 굳이 자존심을 지키려고 아등바등할 필요가 있으랴?

때로는 빚을 지워 주기 위해서라도 아량도 보여야 할 필요가 있는 법이다.

그리고 프리메이슨, 일루미나티, 세계기업연합을 포용해서 '홍익인간'이라는 보다 더 큰 밑그림을 그리고 싶기도 했다.

강권의 이 결정은 훗날 '홍익인간'이 세계 초정부인 한국(桓國)의 건국이념으로 설정되는 결정적인 계기가 되었다.

❖　❖　❖

8강전은 예선전이 끝나고 나흘을 쉰 다음에 강릉과 정선에 있는 네 개의 경기장에서 동일한 시간에 일제히 벌어졌다.

FIFA의 규정상 국제대회는 72시간 이상 쉰 다음에 벌어지게 되어 있는데 나흘이라는 긴 휴식을 준 것은 충분히 휴식을 줌으로써 경기 외적인 요소에 의해 경기가 좌우되어서는 안 된다는 이유 때문이었다.

이후 4강전과 결승전은 딱 3일의 휴식이 주어질 것

이다.

　세계 축구인들의 주목을 받은 경기는 단연 누리축구단과 아르헨티나 사이에 벌어지는 경기였다.

　대한민국과 네덜란드와의 경기 역시 주목을 받기는 했지만 슈퍼 헥사곤 가운데 가장 화려한 기술을 가진 것으로 평가되는 뺀질이 박치수의 부상이 알려지게 되면서 상대적으로 관심이 줄어든 결과였다.

　물론 그렇다고 스페인과 포르투칼, 브라질과 이탈리아 사이에 벌어지는 나머지 8강전이 관심을 받지 못했다는 말은 아니었다.

　하지만 스페인과 브라질이 6:4 정도로 우세할 것이라는 도박사들의 평가 때문에 위의 두 경기보다는 아무래도 관심을 받지 못한 것은 사실이었다.

　누리축구단과 아르헨티나와의 8강전은 강릉 FC의 홈구장인 동해구장에서 열렸다.

　동해구장은 그룹 '환'이 강릉 FC를 인수한 기념으로 지어졌는데 수용 인원이 1만 8천인 축구 전용구장이었다.

수용 인원이 4만에서 6만 명인 외국의 축구 전용구장에 비하면 미니 구장에 불과했지만 개폐식 돔 시설을 갖추었다.

특히 전광판은 홀로그램을 투사할 수 있는 최첨단 시설이어서 세계인들의 주목을 받는 구장이었다.

또 하나의 장점은 꿈의 발전 설비인 '무한력'을 채용해서 동해구장에 사용하는 모든 에너지를 환경친화적으로 공급한다는 점이었다.

—와! 이 축구 전용구장은 아담하지만 엄청 멋들어지게 지었는데?

—그러게. 대한민국의 기술이 언제부터 이렇게 발전이 되었지?

—원래 대한민국의 기술이야 알아 주지 않았나?

—하긴 그래. 쉿, 함수 애들 나온다.

8강전의 오프닝 행사는 KM 엔터테인먼트 소속의 K—POP 한류 가수들이 30분가량 춤을 곁들인 K—POP을 부르는 것이었다.

물론 K—POP 가수들이 8강전이 벌어지는 경기장

마다 돌아다니며 부르는 것이 아니라 백룡호에서의 공
연을 전광판으로 보내주는 방식이었다.

사람들은 돈이 많은 그룹 '환'이 온누리배 국제 축
구대회를 선전하기 위해서 KM 엔터테인먼트를 고용
했다고 생각할 것이다.

사실 세계 톱스타의 반열에 오른 '리나'나 '뮤즈
걸스' 등의 K—POP 가수들의 공연 그 자체만으로도
세계 젊은이들에게는 큰 관심을 끄는 것이어서 온누리
배 국제축구대회는 엄청난 반향을 일으키고 있기 때문
이었다.

그것은 그룹 '환'에서 온누리배 축구대회를 홍보하
기 위해서 꾀했다고 하기 보다는 KM 엔터테인먼트
고수원 회장의 간곡한 요청에 의한 것이었다.

K—POP 가수들의 축하 공연이 끝나고 드디어 누
리축구단과 아르헨티나 간의 8강전이 아르헨티나의
선축으로 시작이 되었다.

아르헨티나 축구 국가대표팀의 구성원들의 역량은
세계에서 최고라고 할 수 있었다.

현존하는 최고의 축구 선수라고 평가받는 리오넬 메

시를 필두로 아르헨티나의 축구선수들 중에 디에고 마라도나와 가장 유사한 스타일의 축구 선수로 득점력과 경기 조율 능력이 발군인 에리크 라멜라, 뛰어난 드리블 능력과 골 결정력, 타의 추종을 불허하는 막강한 기본기 등의 능력을 지니고 있다. 또한 앙헬 디 마리아, 2010 남아공 월드컵 조별 예선에서 대한민국과의 경기에서 헤트트릭을 달성한 곤살로 이과인 등의 공격진은 엄청난 파괴력을 갖추고 있다고 할 수 있었다.

여기에 맞서는 누리축구단은 스페인전에서 48m짜리 장거리 슛으로 추격하는 골을 터트려 '그라운드의 난폭자'로 불리게 된 기도형, '풀스'를 통해 라 크로퀘타와 마르세유턴, 크루이프턴 등의 드리블 기술들을 마스터해서 새롭게 '드리블의 마법사'로 등극한 박지민, 그리고 박지민에 버금가는 드리블 기술을 갖고 있는 오형석, '프리킥의 마술사'가 된 신충효 등의 공격진은 파괴력 면에서 아르헨티나에 조금도 뒤지지 않았다.

물론 '풀스'를 알지 못하는 세계 축구 전문가들은 이들의 능력을 슈퍼 헥사곤보다 한 수 아래로 평가하고 있었다.

　—박상선 해설가께서는 누리축구단이 아르헨티나와 맞서서 이길 수 있다고 보십니까?

　—누리축구단이 아직 경험이 부족해서 강적 아르헨티나에 약간 뒤질 것으로 보고 있지만 그렇다고 스페인과 대등하게 싸운 누리축구단이 꼭 진다고는 생각지 않습니다. 오히려 예선전에서 보여 준 놀라운 기동력을 십분 발휘한다면 누리축구단에 승산이 충분히 있다고 할 수 있습니다.

　—말씀드리는 순간 투덜이 전광선 선수가 태클로 에리크 라멜라에게서 볼을 뽑아 드리블의 마술사 박지민에게 패스를 했습니다. 박지민 선수 아르헨티나 진영으로 빠르게 몰고 가다 '그라운드의 난폭자' 기도형 선수에게 패스를 합니다. 기도형 선수 슛 자세를 취하다 여의치 않은 듯 다시 신충효 선수에게 패스를 합니다. 신충효 선수 슛! 골인! 골인입니다! 누리축구단 경기 시작 불과 2분 만에 선제골을 터트립니다!

　—와! 최고다! 신충효 파이팅!

—누리 축구단 최고다.

—와! 언빌리버블! 어떻게 저런 슛을 쏠 수 있냐? 저런 슛은 세계 최고 골키퍼라는 부폰도 막을 수 없겠는데?

—부폰이 뭐야? 저런 슛은 야신이 온다고 해도 못 막는다.

아닌 게 아니라 신충효의 슛은 엄청났다.

대략 40m쯤 되는 거리에서 신충효가 강하게 때린 슛은 골대 바로 앞에서 급격하게 떨어지며 아르헨티나의 골키퍼 세르히오가 손도 쓰지 못하게 야신존으로 쏙 들어가 버렸다.

신충효의 슛은 골포스트 위로 벗어날 듯 보이다가 갑자기 드롭 회전이 걸려서 뚝 떨어져 버렸기 때문에 미리 말해 주지 않는 한 어떤 골키퍼도 막을 수 없는 그런 슛이었다.

누리축구단의 선제골은 여러 가지 의미를 담고 있었다.

아르헨티나 선수들은 남미 특유의 성격답게 일단 기가 살면 어떤 팀도 못 말리지만 반면에 꼬인다는 생각을 가지면 제 실력을 발휘하지 못한다는 점에서 반은 이겼다고 보아도 좋을 정도로 임펙트가 있었다.

게다가 이미 아르헨티나의 예선 4경기를 애널리시스 파일로 만들어 시뮬레이션을 통해서 장단점을 분석했기 때문에 누리축구단 수비수들은 아르헨티나 공격수들의 습관을 빤히 꿰뚫고 있는 상태여서 더욱 그랬다.

그 결과 마치 2002년 월드컵에서 송종국 선수가 철저한 분석을 통해서 당시 세계 최고 미드필더 중 한 명이었던 루이스 피구를 꽁꽁 묶었듯 누리축구단의 수비수들은 아르헨티나 공격수들을 철저하게 묶어 버리는데 성공했다.

반면에 박지민과 오형석은 개인기의 대명사로 통하는 남미 선수인 아르헨티나를 상대로 온갖 드리블을 구사하며 바보들을 만들고 있었다.

그런가 하면 '그라운드의 난폭자' 기도형과 '프리킥의 마술사' 신충효는 슛 각도가 나오기만 하면 거리 불문하고 슛을 쏘아 댔다.

이 슛들이 대부분 유효 슛인데다 구석구석을 파고들어서 아르헨티나 수비수들은 도무지 공격 가담을 할 수 없었다.

이러니 아르헨티나의 패는 더 이상 없었고 이미 결과는 정해진 것 같았다.

역시 결과는 누리축구단의 4:1 완승으로 끝이 났다.

8강 네 경기 가운데 가장 박진감이 있는 경기는 의외로 대한민국과 네덜란드의 경기였다.

슈퍼 헥사곤 가운데 가장 현란한 드리블 실력을 갖고 있는 박치수가 부상으로 네덜란드전을 뛸 수 없으리라는 예상과는 달리 슈퍼 헥사곤이 모두 선발로 출전한 대한민국의 공격은 어느 팀에 못지않았다.

반면에 대한민국의 수비수들은 네덜란드 공격수들에게 쩔쩔맸다.

네덜란드는 슈퍼 헥사곤의 공격력을 감안해서인지 4, 4, 2전술을 사용해서 포백시스템을 채택하고 미드필더 진을 두텁게 운용했다.

187cm의 정확도와 파워를 모두 겸비한 반 페르시

를 최전방 스트라이커에 두고, 엄청난 기동력과 빠른 드리블링 능력을 갖춘 아르옌 로벤을 세컨 스트라이커에 둔 네덜란드 공격의 파괴력은 어느 팀에 못지않다고 할 수 있었다.

거기에 견고한 수비형 미드필드인 니헬 데용과 창의적인 공격형 미드필더 슈나이더가 이끄는 미드필더 진은 어느 팀에도 꿀리지 않았다.

그렇지만 이에 맞서는 슈퍼 헥사곤은 비록 시간이 부족해서 '풀스'를 최대한 활용하지는 못했지만 예선전보다 한층 업그레이드되었다고 할 수 있었다.

거기에 김장한 감독이 네덜란드 수비진들을 분석해서 보내준 자료로 최적의 공격 루트와 공격 방법을 숙지해 두고 있는 것도 슈퍼 헥사곤들의 자신감을 극대화시켜 주었다.

창 대 창으로 불릴 네덜란드와 대한민국의 경기는 대한민국 수비의 반칙으로 얻은 찬스에서 반 페르시의 전매특허인 왼발 프리킥으로 선제골을 터트려 앞서 갔다.

반격에 나선 대한민국은 박치수의 현란한 드리블에 이은 센터링을 김강호가 헤딩으로 우겨 넣어 동점을 만들었다.

네덜란드 센터 백인 189cm의 론 블라르를 제외하고는 수비진들이 전부 180cm 초반대의 신장으로는 김강호의 헤딩슛을 막을 수 없었던 것이다.

이렇듯 일진일퇴를 거듭하던 경기는 전반에 두 골씩을 주고받으며 2:2로 균형을 이룬 채 끝이 났다.

후반에 들어서도 한 골씩을 주고받으며 전반과 비슷한 양상으로 흘러갔는데 후반 25분이 지나면서 지구력에서 앞선 슈퍼 헥사곤들의 공격이 빛을 발하기 시작했다.

특히 10초대의 빠른 발을 가지고 있는 발발이 송태진과 쌕쌕이 오경호 콤비의 빠른 공격에 네덜란드 수비진들은 걷잡을 수 없이 무너져 내리기 시작했다.

거기에 박치수의 현란한 드리블도 네덜란드 수비진의 붕괴를 부추겼다.

일반적으로 체력이 떨어지면 개인기가 우세한 쪽이 유리해진다는 통념이 그대로 증명된 경기라고 볼 수 있었다.

결국 성재만의 38m 장거리 슛과 박치수가 골키퍼

까지 제치면서 넣는 환상적인 골로 경기는 5:3 대한민국의 승리로 끝이 났다.

스페인과 포르투칼의 경기는 스페인이 이길 것이라는 전문가들의 예상과는 달리 크리스티아누 호날두가 팔팔 날아다닌 포르투칼의 완승이었다.

크리스티아누 호날두는 전반에만 헤트트릭을 달성했을 뿐만 아니라 다혈질인 제라드 피케에게 두 장의 옐로우 카드를 받게 하는 등 포르투칼 승리의 일등공신이 되었다.

포르투칼은 크리스티아누 호날두의 활약에 힘입어 후반에 페르난도 토레스가 한 골을 만회한 스페인에게 결국 4:1의 대승을 거두었다.

8강전의 나머지 한 게임인 브라질과 이탈리아의 경기 역시 브라질이 낙승을 할 것이라는 전문가들의 예상과는 달리 빗장수비의 이탈리아가 경기 내내 거의 3:7로 일방적으로 몰리면서도 골을 허용하지 않고 마리오 발로텔리의 골로 승리를 거두었다.

이로서 제1회 온누리배 국제 축구대회는 누리축구단, 이탈리아, 포르투칼, 대한민국으로 4강이 정해졌다.

4강전은 3일 후에 가리왕산 정상에 있는 누리 종합리조트의 쌍둥이 돔구장에서 누리축구단과 이탈리아, 포르투칼과 대한민국의 게임으로 펼쳐질 것이다.

*황토

황토의 효능 : 본초강목에서는 황토(黃土)는 맛이 달고 약성이 뛰어나며 해독 작용이 있다고 되어 있는데 다음과 같은 효과가 있다고 한다.

1. 혈행(血行)을 촉진시켜 신진대사를 왕성하게 해 준다.

2. 체내의 노폐물을 분해하고 자정(自淨)하는 능력이 있어 관절염, 근육통, 요통, 자율신경 실조증(교통사고 후유증), 피부미용 등에 좋다.

3. 체내 독소를 제거하고 통증을 완화시켜 준다.

4. 염증을 제거하고 암을 억제하는 효능이 있다.

5. 마음을 안정시켜 심신을 튼튼하게 해 준다.

**피톤치드

피톤치드란 세균학자 왁스만이 식물을 뜻하는 피톤(phyton)과 살균력을 의미하는 치드(cide)를 합성해서 만들어 낸 용어로 식물들이 만들어 내는 살균성을 지닌 모든 물질을 가리킨다.

피톤치드의 효과

1. 피톤치드는 인체 내의 스트레스 호르몬인 코르티솔을 최대 70%까지 감소시켜 스트레스 해소 및 심신을 안정시키는 효과가 있다고 한다.

2. 피톤치드는 숙면을 방해하는 각종 스트레스성 수치를 낮춰주기 때문에 불면증 해소에도 도움이 된다고 한다.

3. 피톤치드는 피부를 강하게 만들고 피부 질환에도 좋은 역할을 한다고 한다.

대표적인 피부 질환인 아토피나 여드름 질환에도 좋다고 한다.

4. 피톤치드는 인체의 면역력을 약하게 하는 각종 호르몬을 감소시켜 우리 몸의 자연치유능력을 강하게 만들어 주며 포름알데히드 등 독성 화학물질 제거에도 탁월한 효과를 보인다고 한다.

5. 피톤치드는 뇌의 알파파의 활성을 유도하기 때문에 기억력과 집중력을 증가시켜 치매 예방에도 도움이 되고, 수험생들에게도 좋다고 한다.

피톤치드의 부작용 등

아로마나 허브, 피톤치드는 거의 비슷한 의미를 갖고 있다.

또한 피톤치드는 식물들이 해로운 미생물로부터 스스로를 보호하기 위해 생산해 내는 자기방어 물질로 식물에 따라 차이가 있다.

따라서 절대적으로 살균력이 있다는 등의 말들은 다분히 과장

된 바가 있다고 보면 된다.

잊지 말아야 할 것은 피톤치드가 아무리 좋다고 하더라도 밀폐된 공간에서 너무 많은 양에 노출이 되면 새집 증후군과 유사한 부작용이 있음을 알아야 할 것이다.

제5장
이계에 트롤이 있다면
지구에는 불가사리가 있다

세계인들에게 죽기 전에 꼭 가 보고 싶은 곳이 어디냐고 물었을 때 압도적으로 말하는 곳은 바로 가리왕산에 있는 누리 종합리조트였다.

　이런 대답이 나오는 이유는 물론 '환' 종합 매니지먼트사에서 마련한 '회춘일기' 프로그램과 '얼짱일기' 프로그램이 바로 누리 종합리조트에서 시술되고 있기 때문일 것이다.

　아름다워지고 싶고, 오래 살고 싶은 게 인간의 원초적인 욕망이 아니겠는가?

　지금 세계의 이목은 또다시 해발 1,466m에 자리

잡고 있는 누리 종합리조트에 쏠리고 있었다.

물론 그 이유는 내일 바로 이곳에서 제1회 온누리배 국제 축구대회의 준결승이 펼쳐질 것이기 때문이었다.

그래서인지 지상파 방송들은 앞다투어 가리왕산의 정상 부근에 자리하고 있는 누리 종합리조트를 방송에 내보내고 있었다.

—저 아래를 보십시오. 지름이 무려 2m에 달하는 주 기둥 54개와 지름 1m인 1,560개의 보조 기둥이 떠받치고 있는 거대한 반구형의 두 개의 돔구장은 그 자체만으로도 장관이지 않습니까? 해발 1,500여m에 펼쳐진 저 장관을 순수하게 인간의 힘으로 만들었다는 것이 믿어지십니까?

……중략…….

저 아래가 바로 맑은 날 동해가 보인다는 망운대입니다.

그리고 저곳은 바로 백발암이고, 저곳은 장자탄입니다. 여러분들은 지금까지 가리왕산이 자랑하는 8경들을 보셨습니다. 지금까지 '환' 항공의 풍선 비행기에서 KBC '생생리포트'의 리포터 주재동이었습니다.

이 KBC의 '생생리포트'의 이 장면들을 세계 유수의 방송사들이 뉴스 타임이나 토크쇼에 내보내고 있었다.

그것은 온누리배 국제 축구대회가 얼마나 주목을 받고 있는가를 알려 주는 대목이었다.

물론 이처럼 세계 유수의 방송사들이 방송에 내보내고 있기 때문에 더 주목을 받고 있는 것도 배제할 수는 없을 것이다.

아무튼 세상의 이목은 온통 가리왕산에 있는 누리종합리조트에 쏠리고 있었다.

그런데 세상의 이목이야 어디로 쏠리건 오로지 자기 할 일을 묵묵히 하고 있는 존재가 있었다. 그 존재는 다름 아닌 '달'이었다.

―쪽바리 놈들이 딱 하나 좋은 점은 조사가 철저하다는 거야. 그 점은 나도 인정하지 않을 수 없지.

강권은 '달'의 중얼거림을 듣고 웃음을 참을 수 없었다.

에고 아티펙트인 '달'이 일본을 쪽바리 놈들이라고

하다니, 정말 웃기지 않는가.

"하하하, '달'아 너도 쪽바리냐?"

—주인아, 그럼 쪽바리를 쪽바리라고 부르지 뭐라고 부르냐?

"하하하, 맞아. 쪽바리들은 백 번 죽었다 깨나도 쪽바리일 따름이지. 그런데 왜 갑자기 쪽바리가 나오냐?"

—주인이 나보다 불가사리로 포션을 만들라며? 그래서 우선 불가사리에 대해 기본적인 것들을 조사해보려고 쪽바리 애들이 불가사리를 어떻게 생각하고 있을까에 대해 좀 알아보고 있었지.

물론 '달'이 알아보고 있다는 말은 해킹하고 있다는 의미였다.

사실 불가사리로 인해서 가장 큰 피해를 보고 있는 곳이 바로 일본이었기 때문에 불가사리에 대해 가장 많이 연구하고 있는 곳 역시 일본일 수밖에 없었다.

따라서 9클래스 익스퍼트 마법사인 '달'은 포션에 대한 연구 시간을 절약하기 위해서 일본에 있는 불가사리 연구하는 곳들을 해킹하고 있었던 것이다.

"어때? 좀 건졌어?"

─불가사리에 대한 것은 나보다 많이 알고 있는 사람은 없다고 자부할 수 있을 만큼이라고나 할까? 말하자면 불가사리에 대한 조사는 끝났고 이제 필요한 것은 불가사리들을 잡아와서 실제로 마법 실험을 하는 것만 남았어.

"그럼 불가사리를 잡으러 가 볼까?"

─오키. 주인아, 빨리 가자. 캄차카.

"캄차카?"

─주인아, 불가사리 가운데 제일 악질들이 바로 아무르불가사리야. 그런데 이 녀석들은 찬물에 주로 서식을 하기 때문에 수온이 올라가는 여름에는 우리나라에 별로 없어.

"그래? 내 생각에는 재생력이 더 강한 종류는 거미불가사리여서 포션 재료로 더 적합하지 않을까 싶은데 '달' 너는 왜 아무르불가사리를 택한 거야?"

─주인아, 그건 나도 알고 있어. 하지만 다른 불가사리들은 생태계에 좋은 영향을 미치지만 이 아무르불가사리만큼은 그렇지 않잖아. 기왕이면 포션도 만들고 아무르불가사리도 제거하고, 임도 보고 뽕도 따고 일거양득이잖아.

"그러니까 '달' 너는 포션을 만들면서 이 기회를 빌려 아무르불가사리를 제거까지 하겠다는 거야?"

―응. '몸에 좋다고 소문나면 개똥도 귀해진다'는 말이 있잖아. 포션을 만들면서 아무르불가사리가 포션의 재료가 된다고 소문을 내면 너도 나도 앞다투어 아무르불가사리를 잡아들일 거 아냐?

'어휴, 이 잔대가리 하고는.'

강권은 '달'이 해킹해서 모아 놓은 불가사리에 대한 각종 자료들을 '해'에게 분석하라고 시켰다.

'해'가 고지식해서 자료를 분석하는데 젬병일 것 같지만 강권은 일정한 목표가 정해진 경우에는 '달' 보다 '해'가 더 적합하다는 것을 알고 있었다.

그러고 난 다음에 강권은 '보라매'를 몰고 '달'과 함께 캄차카반도로 향했다.

'해'와 '달'은 때때로 호문클루스의 몸체를 빌려서 행동할 수도 그냥 원래처럼 반지와 목걸이 형태의 에고 아티펙트로 있을 수도 있지만 '달'은 호문클루스 쪽을 더 선호했다.

'보라매'로 정선에서 캄차카까지 가는 것은 금방이었다.

캄차카로 가는 도중에 '달'은 인터넷으로 캄차카를 검색하더니 석유와 금이 난다고 호들갑을 떨었다.

"야! 우리가 지금 불가사리를 잡으러 가는 거지, 캄차카 놀러 가냐?"

—주인아, 그렇지만 기왕 가는 거, 금 좀 챙기는 게 어때서?

"그럼 '달' 네가 금을 캐 올 거야?"

—어허, 주인 이거 왜 그러실까? 노움 두었다 어디다 쓸 거야? 또 주인 이제 이계에 곧 갈 거라며? 이계에서도 금은 현찰이나 마찬가지란 말이야.

강권은 이렇게 말하는 '달'의 태도가 그런 것은 아랫것들을 시켜야지? 하는 것처럼 느껴져 실소를 터트리지 않을 수 없었다.

하긴 9클래스 익스퍼트의 마법사 정도 되면 보통 고급 인력이 아니니 그럴듯하게 느껴지기는 했다.

결국 캄차카 반도에 착륙을 해서 노움에게 금을 캐 오라고 시키고 아무르불가사리를 잡으러 다녀야 했다.

하늘에서 본 캄차카 반도는 정말 엄청 아름다웠다.

그런데 저 아름다운 곳에 무려 160여 개의 화산이 있고, 그중에 29개씩이나 현재 활발하게 활동하고 있는 활화산이라니 좀 아까운 생각이 들었다.

칸차카 반도에 도착해서 노옴을 소환하려다 강권은 깜짝 놀랐다.

심술궂은 영감 같던 노옴이 완전 환골탈태를 해서 마치 드워프처럼 보였기 때문이다.

그러고 보니 자기가 9클래스에 오르게 되면서 무진신공 또한 한 단계 업그레이드되었는데 덩달아 노옴도 업그레이드된 것 같았다.

강권은 노옴이 한 단계 업그레이드되자 시키기가 훨씬 용이해졌다는 게 확연하게 느껴졌다.

그렇지만 최상급의 정령은 되지 않아서 그러는지 아직 말은 하지는 못했다.

바다 속으로 잠수를 해서 '보라매'의 어군 탐지기에 아무르불가사리를 설정하고 조금 있으려니까 순식간에 100여 마리가 잡혔다.

이 추세로 잡히면 오늘 하루 잡으면 수만 마리도 잡을 수 있겠다는 생각이 들었다.

그런데 '보라매'의 창으로 커다란 킹크랩들이 바다 밑바닥을 돌아다니고 있는 것이 보이자 은근슬쩍 마음이 달라지기 시작했다.

그것은 강권 자신이 해물이라면 워낙에 좋아하는데다 킹크랩은 특히 와이프인 경옥이가 엄청 좋아하기 때문이었다.

'포션을 제조하는 것도 아니고 단지 마법 실험을 하는데 그렇게 많은 아무르불가사리가 필요 없을 거잖아?'

내심 이렇게 생각한 강권은 '달'에게 말했다.

"'달'아, 마법 실험을 하는데 아무르불가사리가 많이 필요 없잖아? 게다가 아무르불가사리의 생명력이 왕성할수록 마법 실험의 효과가 더 좋으니까 이 정도만 잡는 게 어때?"

─흐흐흐, 주인아. 왜 저 킹크랩이 보이니까 잡아먹고 싶어? 하긴 주인의 말도 일리가 없는 것은 아니니까 이 정도만 잡자. 그런데 킹크랩은 지금은 제철이 아니니까 잡아봐야 입맛만 버릴 거고 차라리 연어나 송어를 잡자.

"킹크랩이 제철이 아니라고?"

─주인아, 해물을 좋아한다면서 그런 것도 모르냐? 게 종류는 보통 4~5월에 산란철이고 이때 허물을 벗어. 그러니까 지금 킹크랩의 수율(meat contain)

은 50~60% 정도 밖에는 안 될 거야.

"킹크랩의 수율이 50~60%라면 살이 그 정도만 찼다면 빈 깡통 같다는 말이냐?"

—아마 그럴 거야. 그나저나 주인아, 흐흐흐 뮤즈 개네들이 주인 벗겨먹으려고 벼르고 있더라. 뮤즈 개네들에게 줄 소고기와 참치 있어? 없으면 킹크랩은 줘도 욕만 먹을 테니 차라리 연어나 송어를 잡아. 청어 소금구이도 그럭저럭 먹을 만하기는 할 건데.

강권은 '달'이 '뮤즈 걸스'를 언급하자 갑자기 몸이 으슬으슬 떨리는 것 같아 일단 살아남기 위해서 연어부터 잡아야 할 것 같다는 생각이 들었다.

조그만 여자애들이 어떻게 그렇게 먹어대는지, 그렇다고 그녀들의 '주부애(주먹을 부르는 애교)'의 공포에서 견뎌내려면 그녀들의 입부터 막아야 하기 때문이었다.

그렇지만 킹크랩을 보자 은근히 욕심이 났다.

"그래도 여기까지 왔는데 킹크랩 몇 마리 정도는 잡아가야지."

—에고, 그러시든가.

'달'은 강권이 킹크랩을 잡아가겠다고 고집을 부리

는 이유를 모르겠다는 듯 시크하게 대꾸했다.

강권이 '달'의 구박을 받아 가며 굳이 살도 차지 않는 킹크랩을 잡으려는 이유는 와이프 경옥이 때문이었다.

경옥 또한 해물을 좋아하는데 그중에서 킹크랩과 랍스터를 엄청 좋아했다.

그래서 킹크랩을 보고 와이프가 생각이 나서 일단 킹크랩부터 잡고 보려는 것이었다.

그걸 '달'은 알지 못하고 있었다.

"그럼 '달'아 우선 킹크랩 중에서 좀 실한 놈으로 몇 마리 잡은 다음에 연어부터 어군탐지기에 입력을 하고 나머지 것들은 순서에 입각해서 차근차근 잡아 보도록 하자."

—오키.

킹크랩 중에서 나름 살이 차 있는 놈으로 골라서 잡느라 은근히 시간이 많이 들었으나 반면에 연어는 떼로 몰려다니기 때문에 채 십 분도 되지 않아서 수백 마리를 잡을 수 있었다.

연어를 잡은 다음에 송어와 청어 역시 수백 마리나

잡았다.

이 정도면 KM 엔터테인먼트 소속의 K—POP 가수들과 누리축구단 애들, 국가대표 애들까지 배터지게 먹이고도 남을 것이다.

그런데 물고기를 잡을 만큼 잡았는데도 노옴이란 녀석이 계속 금을 흡입하고 있는 중이어서 오랜만에 물고기 회와 구이를 먹기로 하고 캄차카 내륙으로 들어갔다.

캄차카반도는 약 40만 평방km로 한반도의 무려 세 배가 넘지만 인구는 대략 40만 내외다. 그러니까 1평방km당 거의 한 사람 정도만 산다는 말이나 다름 없다.

그런데 그 인구의 태반이 소비에트 연방이 해체되기 전 핵잠수함 기지였던 캄차카반도 유일한 도시에 살고 있으니 내륙은 거의 사람의 손이 닿지 않고 있다고 보면 된다.

사람이 한 번도 발을 딛지 않는 원시림 속에서 혼자 물고기를 구워 먹고 있으려니까 문득 자기가 마치 원시인이 된 것처럼 느껴졌다.

강권은 물고기를 구워 먹으려고 불을 피운 김에 연어를 훈제까지 하기로 했다.

편백나무로 불을 피워 연어를 바짝 말린 뒤에 소금과 허브 엑기스로 소스를 만들어 마른 연어에 소스를 골고루 발라 연기를 쏘이며 소스가 연어에 배이게 했다.

맛을 보니 그런대로 꽤나 맛이 있었다.

연어를 훈제하는 사이에 노옴이 최소한 200kg은 될 정도의 금을 캐 왔다.

노옴은 금뿐만 아니라 어른 주먹만큼이나 큰 루비까지 캐 왔는데 자연 상태에서는 3캐럿 이상의 루비가 거의 발견되지 않는 것을 감안하면 이 정도 크기의 루비라면 부르는 게 값일 것이다.

대충 따져도 노옴이 하루 사이에 100억 원 이상은 벌어 온 것이다.

강권은 오랜만에 봉천동 집을 찾았다.

어쩌면 킹크랩을 잡지 않았더라면 집에 오지 않았는

지도 모른다.

그런데 와이프 경옥은 집에 없었다.

가정의학과 전문의를 한답시고 레지던트 하러 역삼동에 있는 영동 병원에 다닌다는 것 같았다.

레지던트 기간이 3년이나 된다는데 와이프가 전문의가 되는 것을 볼 수 있을는지 모르겠다.

강권은 내심 이렇게 투덜거리면서 찜통을 찾아 킹크랩을 찌고, 연어와 송어 회를 뜨고, 훈제 연어로 샐러드를 만들었다.

그리고 와인을 꺼내서 오랜만에 분위기를 잡을 준비를 끝마쳤다.

리나는 지금 온누리배 국제 축구대회 결승전 오프닝 행사 때문에 백룡호에 있을 테니 오랜만에 와이프와 뼈와 살이 불타는 밤이 될지 싶었다.

그런데 가는 날이 장날이라고 하필이면 오늘따라 회식이 있다고 늦는다나 어쩐다나.

결국 강권은 혼자서 와인을 홀짝이며 TV로 온누리배 국제 축구대회 준결승전을 볼 수밖에 없었다.

누리축구단은 이탈리아를 원사이드하게 몰아붙여

완승을 거두고 있는 반면에 우리나라 대표 팀은 포르투칼과 엎치락뒤치락하면서 박진감이 넘치는 경기를 하고 있었다.

우리나라 대표 팀의 화력은 막강한데 문제는 수비에 있었다.

누리축구단은 수비가 되는데 비해서 우리나라 대표 팀은 수비가 제대로 되지 않으니까 공격력이 우세함에도 불구하고 상대를 압도하지 못하고 있는 것이다.

마지막에 슈퍼 헥사곤들이 힘을 내서 4:3으로 간신히 이기긴 했지만 하마터면 포르투칼에게 질 뻔했다.

이게 우리나라 대표 팀의 한계였다.

결승전과 3, 4위전은 같은 장소에서 3일 후에 열릴 것이다.

강권은 중계가 끝나도록 경옥이 오지 않아서 경옥을 기다리다 그냥 잠이 들고 말았다.

그 결과, 뼈와 살이 불타는 밤이 되는 대신에 허리가 부러질 뻔한 밤이 되어 버렸다.

새벽에 깨어나 안방에 들어가 보니 언제 왔는지 경옥이 침대에서 잠을 자고 있었다.

잠이 들어 있는 경옥의 얼굴을 물끄러미 들여다보니 얼굴이 핼쑥해 보였다.

가정의학과 레지던트 과정은 그리 힘들지 않다는데 그것도 아닌 모양이었다.

강권은 경옥의 손을 잡고, 기를 돌려서 건강 상태를 살폈는데 군데군데 혈맥의 기가 불안정한데다 탁한 것이 그동안 임자신공을 전혀 운기하지 않았던 것처럼 느껴졌다.

'분명 무슨 일이 있기는 있는 모양인데, 도대체 무슨 일이지?'

아무리 생각을 해도 뭔가 고민스러운 일이 생기지 않고서야 이럴 수는 없었다.

강권은 기를 돌려서 경옥의 체내에 쌓여 있는 탁기를 제거해 주고 내친김에 전신 마사지를 해 주었다.

그런데 이 전신 마사지가 발가벗겨서 하는(?) 것이어서 꽤나 야할 수밖에 없었다.

강권이 의도한 대로 마사지가 끝나자 그제야 경옥이 잠에서 깨어났다.

흐흐흐. 결과적으로 뼈와 살이 불타는 밤이 되지는 않았지만 뼈와 살이 불타는 새벽을 맞이할 수 있었다.

열기가 좀 식자 강권은 경옥에게 팔베개를 해 주며
단정하듯이 물었다.

"옥아, 너 무슨 일 있지?"

"......"

"내가 알아본 바에 의하면 가정의학과의 레지던트
과정은 그리 힘들지 않다는데, 옥이 당신이 그렇게 몸
이 좋지 않게 된 것은 누군가가 당신을 힘들게 하기
때문일 거야. 만약 당신이 말해 주지 않으면 내가 영
동병원을 완전 뒤집어 까서라도 알아낼 수 있다는 것
을 당신도 알고 있을 거야. 당신 어떡할래?"

"휴우."

경옥은 한숨을 내쉬더니 자초지종을 말했다.

"자기야, 오해하지 말고 들어."

"......"

"자기도 알다시피 내가 양의학과 한의학을 모두 공
부해서 두 부문의 장점을 하나로 결집시키려고 하잖
아. 그래서 원래 레지던트를 거치지 않고 곧장 한의대
로 들어가려고 했는데 아는 선배가 동양대 한의대에서
레지던트 과정을 마치면 한의대 본과로 편입시켜 주겠
다기에 레지던트를 하고 있는 거야. 내가 가정의학과

전공의를 택하게 된 것은 가정의학과에는 군이 인턴 과정을 거칠 필요가 없고 레지던트 과정도 3년이면 끝나기 때문이었어. 그런데 그 선배가 내가 유부녀라는 것을 알면서도 자꾸 치근덕거리고 있거든. 글쎄, 어제는 아는 동생까지 동원해 나를 어떻게 해 보려고 하더라니까. 그래서 그냥 가운데 다리를 힘껏 밟아 주었어. 그 선배 괜찮게 봤는데 영 아니더라니까?"

"하하하, 옥아, 세상 남자들은 다 도둑놈이고 늑대라는 말은 들어 봤겠지? 당신이 예쁜데다 엄청 잘사는 것 같으니까 그 새끼가 어떻게 해 보려고 했겠지."

"자기야, 내가 예쁘다는 말은 맞는 것 같은데 내가 엄청 잘사는 것 같으니까 수작을 부렸다는 것은 아닌 것 같아. 왜냐하면 그 자식이 동양대학교 재단이사장의 아들이거든. 물론 누나와 여동생들이 있다는 말은 들었지만 그래도 아들은 그 자식 하나라는 것 같더라고."

"하하하! 옥아, 옥이는 아직 모르고 있나 보구나? 요즘 괜찮은 집안의 자식일수록 자기 수준에 맞는 짝을 고르려는 경향이 있다고 하더라. 물론 사랑은 별개로 생각한다고 하더라고. 그 녀석이 당신이 유부녀인 줄 알았다지만 당신 정도는 되어야 자기 짝으로 적당하다고 생각했을 거야. 결혼과는 별개로 평생 사랑하는 사이로 말이지."

강권은 이렇게 대수롭지 않게 얘기했지만 가슴속에서 무언가 치밀어 오르고 있었다.

'이 개자식이, 감히 누구 거에 침을 바르려고 들어? 동양대학교? 그거 많이 들어 보던 건데? 아! 사학(私學) 비리의 온상. 너, 죽었어!'

강권이 대수롭지 않게 대꾸를 하니까 경옥은 속도 모르고 열을 올렸다.

"자기야, 아무리 그렇더라도 약물을 사용해서까지 겁탈하려는 것은 좀 아니지 않아?"

"옥아, 가운데 다리를 밟았다고 했잖아. 그런데 터트려 버렸어?"

"몰라. 급한 김에 힘껏 밟아 주고 다급하게 나왔으니 어떻게 되었는지 모르겠어."

강권은 그 장면을 떠올리는 듯 치를 떠는 경옥을 품에 꼭 안아서 달래 주었다.

이런 것을 보면 때로는 자기를 알릴 필요가 있을 것 같다.

만약 노경옥이가 밤의 대통령이자 그룹 '환'의 오너인 최강권의 아내라는 것을 알고도 그런 수작을 부리려는 자가 있겠는가?

모든 것은 노경옥이 그런 것을 번거롭게 생각하기에 벌어진 일이었다.

'이 개자식들 너희들은 죽었스. 그건 그렇고, 이 기회를 빌려 아예 민족대학 '환'에도 특별 편입 절차를 마련해야겠군. 내가 돈을 들여 만들어 놓고 내 마누라도 다니지 못하게 한다면 조금 그러잖아? 맞아. 미국 놈들처럼 기부 편입 절차를 마련하는 것도 나쁘지 않겠어. 내 돈 적게 깨지고 필요한 사람들에게 생색도 낼 수 있고, 일거양득이잖아.'

강권이 이런 생각을 하고 있는데 경옥이 갑자기 정색을 하며 말했다.

"자기야, 어쩌지? 요사이 배란기인데 어제 피임을 하지 못했네."

"어쩌기는? 애가 들어서면 그냥 낳아야지. 병원에 연락해서 레지던트 그만둔다고 해. 정 레지던트 하고 싶으면 이 기회에 자기 명의로 종합병원을 하나 만드는 것도 고려해 볼 테니."

"알았어. 그나저나 그 선배 잘못되었다고 고소하면 어떻게 하나?"

"어떻게 하기는 만약 고소해 오면 내가 본때를 보여 줄게. 하지만 바보 멍청이 아니고는 설마 그렇게 하려고?"

그런데 그 선배란 녀석은 정말 바보 멍청이었던 모양이다.

호랑이 코털을 건드려도 유분수지 노경옥을 *중상 해죄로 고소를 했던 것이다.

"어허 이 개자식 보게. 도둑놈이 큰소리친다고 감히 누굴 고소해? '해' 야, 너 지금 당장 영동병원과 동양 대학에 해킹을 해서 비리를 쫙 다 뽑아 봐."

'하하하, 주인아, 그런 거는 '달' 이 더 낫지 않을까?'

"너도 알잖아. 요새 '달' 이 얼마나 바쁜지? 그리고 그 정도는 너도 할 수 있잖아?"

'하긴, 펜타곤도 해킹을 해 보았는데 그 정도쯤이야 할 수 있겠지.'

강권의 말마따나 '달'은 불가사리로 포션을 만드느라고 엄청 바쁜 나날들을 보내고 있었다.

그리고 또 한 가지 영동병원과 동양대학교를 해킹하는데 '달'을 시키지 않은 것은 '달'에게 맡겨 놓았다가는 '달'의 성질에 영동병원과 동양대학교를 기둥뿌리까지 뽑으려고 들까 걱정이 되었기 때문이다.

필요 이상의 징계는 다 카르마에 영향을 준다는 게 얼핏 생각났기 때문이다.

그 시각 '달'은 귀를 후벼 가며 마법 실험에 앞서 자기가 불가사리를 연구하는 세계 각처의 연구소들에서 해킹한 자료들에 대한 분석한 것들을 꼼꼼히 훑어보고 있는 중이었다.

물론 이 분석 자료들은 '해'가 작성해 놓은 것이었다.

거기에서 '달'은 매우 흥미로운 것을 발견해 낼 수 있었다.

'흐음, 불가사리라는 녀석들은 생각하면 할수록 정

말 트롤과 유사한 것 같아. 트롤이 끊임없이 재생할 수 있는 것이 트롤의 심장 부근에 있는 특별한 기관에 있는 것으로 밝혀졌는데 불가사리 역시 재생의 비밀이 중심반(Central Disk)이란 특별한 기관에 있었군.'

물론 트롤의 재생 기관은 피라는 액체를 통해 재생 능력을 전달하지만 불가사리의 경우에는 중심반이란 재생 기관이 포함이 되어야 재생이 가능하다는 점에서는 다르다.

즉, 트롤은 상처를 입을 경우 심장 부근에 있는 특별한 기관에서 재생이 가능하게 하는 특별한 효소를 계속 전달해서 끊임없이 재생이 가능하지만 불가사리의 경우에는 반드시 중심반이 포함이 되어서 절단이 되어야 재생이 가능하다는 점에서 트롤과 달랐다.

결국 불가사리로 포션을 제조할 수 있느냐 그렇지 않느냐는 이 중심반이라는 기관을 얼마나 이해할 수 있느냐에 달려 있다고 해도 무방했다.

'달'은 중심반의 주요 구성 물질이 일전한 조건 아래서 액체로 바뀌는 것에 착안해서 포션 제조의 실험에 들어갔다.

그 일정한 조건이란 불가사리가 자기의 발이 분리될

것이 예상되는 경우를 말하는데 이 경우 불가사리는 중심반을 액체로 변이시켜 분리되는 발에 주사를 하듯 주입을 시켰고 그 결과 분리되어진 발은 새 개체로 성장했던 것이다.

완전 성공했다고 생각했는데 포션 제조는 호락호락하지 않았다.

똑같은 조건에서 불가사리의 발을 분리를 시켰는데도 어떤 경우에는 중심반의 주입이 있었고, 어떤 경우에는 중심반의 주입이 되지 않는 경우가 발생했던 것이다.

'달'은 수십, 수백 차례 실패를 거듭하면서 중심반의 주입이 되는 경우와 그렇지 않는 경우의 불가사리 발의 색에 미묘한 차이가 있다는 것을 발견할 수 있었다.

'달'은 중심반이 주입이 되는 경우를 [타임―슬로우 마법진]에 이동을 시켜서 그 과정을 관찰했다.

'달'이 9클래스 익스퍼트가 아니었다면 도저히 할 수 없는 방법이었다.

이 방법으로 '달'은 불가사리가 가지고 있는 재생 능력의 비밀을 밝혀 냈다.

그런데 불가사리의 이 재생 능력은 불가사리만 갖고 있는 게 아니며 모든 **극피동물의 공통된 특징이라는 점에서 이것 역시 포션 제조에 이용할 수 있을 것 같았다.

특히 해삼의 재생 능력을 잘 이용하면 불가사리 이상의 효과를 얻을 수 있을 것 같았다.

마침내 '달'은 아무르불가사리의 중심반을 응용하여 포션 제조에 성공했다.

—야! 성공! 주인아, 기뻐해 줘. 나 포션 만드는 데 성공했어. 아직은 질이 그다지 좋지 못하지만 그래도 중급 정도는 되는 것 같아.

"중급 정도의 포션이라고? '달'아, 축하한다. 처음 만들어 낸 포션이 하급 포션도 아니고 무려 중급씩이나 된단 말이지? '달'아, 그럼 잘린 팔다리는 붙이지 못해도 근육이 갈라지거나 찢어진 정도는 단번에 치료할 수 있다는 말이잖아?"

—맞아. 주인아, 아직은 딱 그 정도의 포션일 것 같아. 그런데 다른 종류의 극피동물을 연구하면 포션의 질을 좀 더 높일 수 있을 것 같은데. 예컨대, 해삼 같

은 경우 말이야.

"아! 해삼은 위험에 처하면 창자를 방출하여 위험에서 벗어난다며?"

—그렇다대. 그런데 이때 뱉어진 창자는 30~40일 정도 지나면 완벽히 재생된다고 한다고 하더라고. 그것뿐이 아니라 해삼을 횡으로 잘라 양식장에 던져두면 두 마리의 해삼이 된다고 해. 물론 이것은 쪽바리 놈들이 알아낸 방법이라고 하더라고.

" '달' 아, 조금 힘들더라도 상급 포션, 최상급 포션을 만들어 봐. 내 생각에는 너가 만든 포션에 인삼이나 버섯 추출물 같은 것들을 첨가해서 배양을 하면 질이 훨씬 좋아질 것도 같은데. 어떻게 생각해?"

—주인의 말이 맞아. 원래 포션의 제조에는 트롤의 피를 정제해서 넣는 것 외에도 여러 가지 약초 추출물들이 들어가.

강권은 문득 지구에서 쓸 포션은 딱 중급 정도가 적당할지도 모른다는 생각이 들었다.

만약 팔, 다리가 잘려졌는데 포션 반병을 상처에 붓고, 반병은 먹어서 팔, 다리가 감쪽같이 붙어 버린다면 어떤 일이 발생할까?

한마디로 난리가 날 것이다.

물론 근육이 갈라지거나 찢어진 경우에 포션으로 이것을 치료할 수 있다고 해도 그것 역시 엄청난 반향을 불러일으킬 것이다.

햄 스트링이나 십자인대가 파열되었는데 포션 한 병으로 치료가 되고 2~3일 정도 안정을 취하면 전혀 부상을 입지 않는 것처럼 된다면 햄 스트링이나 십자인대 파열이 어디 부상 축에나 낄 수 있겠는가?

포션 한 병이면 깨끗이 낫는 팔꿈치 인대 파열을 누가 수술 결과가 잘되리라고 보장할 수 없는 팔꿈치 인대 접합 수술을 받은 후에 재활만 1년 정도 하려 하겠는가?

결론적으로 포션만 있으면 토미 서저리 수술은 더 이상 불필요한 수술이 될 것이다.

사실 이 정도만 해도 감지덕지가 아니겠는가?

게다가 이 포션의 개발에 따라 우리나라는 스포츠의학을 비롯한 재활의학 분야에서는 세계를 선도하게 될 것이다.

'달'이 한 건을 하는 사이에 '해' 역시 나름 건수

를 올리고 있었다.

동양대학교와 영동병원을 포괄하고 있는 중보재단의 메인컴퓨터를 해킹하는데 성공한 것이 그것이었다.

사학재단인 중보재단은 유치원에서부터 대학교까지 무려 12개의 학교와 꽤나 짭짤한 수입을 올리는 5개의 기업을 갖고 있으며, 2개의 종합병원을 보유하고 있다.

1년 총매출이 몇 조 단위인 엄청난 재단이었다.

1년 매출이 몇 조는 대기업들에 비해 크다고 할 수 없었지만 그것들의 대부분이 비영리재단과 병원 등으로 각종 세제 혜택을 받다 보니 순이익에서는 대기업들에 크게 뒤지지 않았다.

중보재단은 이 이익을 지키기 위해서 인맥을 이용했다.

그런데 예나 지금이나 인맥 관리에는 반드시 돈이 들게 마련이다.

우리나라 기업가들이 비자금을 마련해 두는 것은 대부분 이 인맥 관리 때문이었다.

세상이 바뀌었다고는 하지만 5.16 쿠데타에서 비롯

된 군사정권들에게 돈을 처바르지 않은 기업들이 어떻게 된지 다들 경험이 있기 때문일지 몰랐다.

그게 아니더라도 돈을 먹은 놈들은 그렇지 않는 놈들보다 훨씬 협조적이어서 처바른 돈 이상의 대가를 준다는 것을 기업가들은 잘 알고 있다.

칭찬은 고래를 춤추게 하고 돈이면 귀신도 부린다는 말도 있지 않은가.

우리나라 사학재단들이 대부분 그렇듯 중보재단 역시 꽤나 짱짱한 인맥을 갖고 있었다.

짱짱한 인맥이 있다는 것은 그만큼 들어갈 돈이 많다는 것이고 이 비자금은 재단에서 불법으로 유용한 자금이었다.

'해'가 이 비자금을 찾아내었다.

그런데 이 비자금의 규모가 수천억이 넘는 가히 천문학적이었다.

'주인아, 이 비자금을 어떻게 하지?'

"뭘 어떻게 해? 쓱싹해 버리고 입을 닦아야지."

'그렇지만 그럼 너무 비인간적이지 않나?'

"'해' 네가 언제부터 인간적인 것을 따졌지? 설마,

'해' 네가 인간이라고 생각하는 것은 아니겠지?"

너무나 당연한 말이어서 '해'는 딱히 대꾸할 말조차 떠오르지 않았다.

결국 '해'는 강권이 시키는 대로 중보재단의 비자금을 홀라당 빼먹어 버렸다.

세계적인 기업들을 상대로 이미 한차례 빼먹은 전력이 있던 터였고, 또 그들에 비해서 방비가 훨씬 허술한 중보재단의 비자금 빼먹는 것은 '해'에게는 너무나 쉬운 일이었다.

게다가 '해'가 국세청과 검찰청에 비자금 내역을 은밀히 제보를 한 까닭에 중보재단은 그 뒷수습을 하느라고 엄청 땀을 흘려야 했다.

중보재단의 인맥이 아무리 좋다고는 하지만 온갖 비리들이 판을 치던 군사정권 때와는 달리 서원명 정권 하에서는 명백한 불법행위를 무마할 수는 없었다.

결과는 중보재단 이사진들의 퇴진과 구속으로 이어져 중보재단은 사실상 해체된 것과 다름없이 되어 버렸다.

'큭큭큭, 멍청한 새끼, 건드릴 사람을 건드려야지? 쯧쯧쯧.'

*중상해죄

형법은 제258조 1항에서 사람의 신체를 상해하여 생명에 대한 위험을 발생하게 한 자를 제258조 2항에서 신체의 상해로 인하여 불구 또는 불치나 난치의 질병에 이르게 한 자를 중상해죄로 규정하고 있다.

즉, 형법은 사람의 신체를 상해하여 1) 생명에 대한 위험을 발생하게 하거나, 2) 불구에 이르게 하거나, 3) 불치나 난치의 질병에 이르게 함으로써 중상해죄가 성립한다고 규정하고 있다.

중상해죄의 성격에 관해서는 (1) 형법이 중상해죄의 미수범(未遂犯)은 처벌하지 아니할 뿐만 아니라, (2) 중상해죄가 단순히 상해의 고의만 있으면 성립한다고 해석하는 것은 결과책임을 인정하는 것이 되므로 중상해죄는 결과적 가중범을 규정한 것이지만 중한 결과를 과실로 발생케 한 경우뿐만 아니라 중한 결과에 대하여 고의가 있는 경우에도 성립하는 부진정결과적가중범(不眞正結果的加重犯)이라고 해석하는 견해가 통설(通說)이다.

**극피(棘皮)동물

극피동물은 가시를 뜻하는 그리스어인 에키노(Echino)와 피부를 뜻하는 데르마(Derma)의 합성어에서 유래되어 '가시와 같은 피부를 가진 동물'이라는 의미를 가지는 해양 생물이다.

즉, 극피동물의 대부분이 바다에만 살고 있는데 이들이 갖는 주요 공통특징으로는 몸의 형태가 방사대칭을 이루고, 머리라 일컬을 수 있는 특정 부위가 없으며, 몸에 흡착기능을 하는 무수한 관들이 있어 이동과 먹이 포획에 사용되며, 몸의 조직 일부가 떨어져 나가더라도 재생한다는 점 등이다.

극피동물이 지구상에 처음 나타난 것은 고생대 캄브리아기로 풍부한 화석 역사를 가지고 지구를 지키고 있으며, 현재에도 대부분이 생존하는 생물군이며, 유성 또는 무성 생식을 하며, 자웅동체(雌雄同體)로, 대부분 알을 낳아 번식한다.

고착생활을 하는 바다나리류를 제외한 다른 모든 극피동물은 전 세계 해역에 분포되어 바다 속을 떠다니면서 생활을 한다.

극피동물은 해삼류, 불가사리류, 성게류, 바다나리류 등이 있는데 지금까지 세계적으로 약 6,000종류가 알려져 있고, 화석으로는 약 2만여 종이 밝혀져 있다.

제6장
누리축구단 우승하다

제1회 온누리배 국제 축구대회는 대한한국 대표 팀과 대한민국의 누리축구단 사이에 벌어지는 경기로 우승팀이 가려지게 되었다.

결국 대한민국 팀끼리 우승의 향방을 가리는 것으로 귀결되었다는 말이다.

하지만 제1회 온누리배 국제 축구대회가 주최 측에서 농간을 부린 그렇고 그런 안방축제가 아니라 엄청 수준 높은 대회라는 찬사를 받았다.

특히 매 경기마다 피를 말리는 승부에서 당당히 이기고 결승전에 오른 대한민국 대표 팀에 대해 세계 축구팬들은 엄청 흥미롭다는 반응을 보이고 있었다.

물론 한 가지 아쉬운 점도 있었다.

그것은 일반적으로 3, 4위전과 결승전은 하나의 구장에서 순차적으로 열리는 것이 보통이지만 제1회 온누리배 국제 축구대회의 3, 4위전과 결승전은 같은 시간대에 각기 다른 경기장에서 열린다는 것이었다.

그것은 3, 4위전과 결승전이 열릴 경기장은 누리 종합리조트의 쌍둥이 돔 구장이 있기 때문에 가능한 일이었다.

결승전이 열리게 될 청룡구장에는 수용 인원이 5만 명이었지만 관중들이 입추의 여지가 없었다.

반면에 3, 4위전이 열리게 될 백호구장의 관중은 겨우 1만 명 정도만 입장을 했다.

3, 4위전을 치르는 이탈리아와 포르투칼의 팬들이 3~4위전이 열리게 될 대한민국으로 그다지 많이 오지 않았기 때문이었다.

많은 사람들은 한 장소에 굳이 같은 두 개의 축구장을 만든 걸 두고 말이 많았다.

"무슨 축구 경기장을 한 곳에 두 개씩이나 만들었

다니?"

"그러게. 그룹 '환' 이 돈이 남아돌아서 이렇게 쓸 모없게 만들었는가 봐."

"니들은 모르면 가만있으면 중간은 간다는 소리 모르냐? 같은 규모의 구장이 두 개라고 한 말은 맞는데 이 두 개의 구장은 각각 축구장으로도 야구장으로도 변신이 가능하다고 하니까 한 곳에 두 개의 구장을 만들었다는 것은 좀 그래. 그러니까 한쪽에서는 축구를 하고 다른 한쪽에서는 동시에 야구를 할 수도 있다고 하더라. 아마 조만간 우리나라에서 WBC를 개최하려고 쌍둥이 돔 구장을 만들었다는 말도 있는 것 같더라."

"이 돔구장이 야구장으로도 변신이 가능하다는 말이 정말이야?"

"하하하, 니들은 축구장이라고 하기에는 돔 천정이 너무 높다는 생각은 안 들어?"

"아하! 정말 그렇구나. 그런데 두 개의 구장이 하나의 구장으로 합체는 안 되려나?"

"하나로도 변신이 가능한데 그러려면 꼬박 하루가 걸린다더라."

그때 장내 안내 방송이 나왔다.

—잠시 후에 청룡구장과 백호구장의 전광판 부분에 특설무대가 만들어질 예정이니 관중 여러분들께서는 놀라지 마시기 바랍니다. 다시 한 번 말씀드리겠습니다. 잠시 후에 K—POP 스타 분들의 특별 공연을 위해 전광판 부분이 특설무대로 바뀌게 될 것이니 놀라지 마시고 자기 자리에서 차분히 기다려 주시기 바랍니다.

하나로도 변신이 가능하다는 것을 보여 주기라도 하려는 듯 갑자기 쌍둥이 구장의 한 가운데에 있는 전광판이 스르르 사라지는 것이 아닌가?

관중들은 전광판이 사라지면서 어떻게 특설 무대가 만들어지려는지 궁금해서 변하는 과정을 보는데 전광판만 사라졌을 뿐 더 이상 변하는 것 같지 않았다.

"어어! 특설 무대가 만들어진다더니 어떻게 된 거야?"

"그러게? 예전에 보니까 돔구장이 열리면서 비행선이 내려와 비행선에서 공연을 하는 것 같던데 지금은 돔이 열릴 기미도 보이지 않잖아?"

"정말 그러네. KM 엔터테인먼트 소속 K—POP 가수들이 공연한다는 것 같던데 어디서 공연하려고 그러나?"

"설마 저 공간에서 공연을 하겠다는 것은 아니겠지?"

관중들은 전광판이 있던 가로 50여m, 세로 30여m의 빈 공간을 바라보며 수군거렸다.

그때 마법처럼 그 빈 공간에 오프닝 무대를 장식할 제2기 '뮤즈 걸스' 들이 나타나서 관중들을 향해 인사를 하는 것이었다.

—안녕하세요. 저희들은 제2기 '뮤즈 걸스' 입니다. 여러분들을 위해서 그동안 갈고닦은 것들을 보여드릴게요. 실수하더라도 예쁘게 봐 주세요.

"아하! 그렇구나. 홀로그램으로 특별 공연을 하는가봐. 오늘 제2기 '뮤즈 걸스' 애들이 오프닝 무대에 선다는 것 같던데 공연을 시작하나 봐."

"그럼 이게 시작이야?"

"맞아. 조용히 해. 곧 공연 시작해."

제1기 '뮤즈 걸스' 팬들은 대부분 제2기 '뮤즈 걸

스'의 팬들이 될 거라고 했다.

　원래 아이돌 그룹들의 수명은 아주 짧아 20대 후반이나 30대 초반쯤에서 해체 수순을 밟는다.

　특히 걸 그룹의 경우에는 대부분 20대 후반이면 은퇴해야 한다는 게 전문가들의 생각들이다.

　'뮤즈 걸스' 역시 예외가 아니어서 20대 후반에 은퇴를 하는 게 맞고 '뮤즈 걸스'들의 은퇴에 대비해서 제2기 '뮤즈 걸스'를 뽑았으니 한 번 '뮤즈 걸스'의 팬이면 영원히 '뮤즈 걸스'의 팬이 될 가능성이 컸다.

　왜냐하면 제2기 '뮤즈 걸스'를 뽑은 사람들은 엔터테인먼트 간부들이 아니고 바로 '뮤즈 걸스' 멤버들이었기 때문이다.

　즉. '뮤즈 걸스'들이 자기들과 가장 닮은꼴들을 멤버로 뽑고 새로운 '뮤즈 걸스'들을 도제식으로 가르쳐서 다음 대의 '뮤즈 걸스' 만드는 것이다.

　이것은 아무것도 아닌 것 같지만 아이돌 그룹의 새로운 패러다임을 제시하는 것이나 다름이 없는 것이었다.

　다른 인물들이면서 비슷한 분위기를 갖는다는 것은

아이돌 그룹의 영속성을 담보하는 것이나 마찬가지였다.

만약 이 새로운 패러다임이 정착이 된다면 기본적인 팬덤층을 확보하면서 시작하는 것이어서 그 자체만으로도 아이돌 그룹의 성공을 담보하는 것이었다.

"와! 방금 전까지도 없었던 무대가 언제 만들어진 거지? 도대체 어떻게 된 거야?"

"여기 팸플릿에 나와 있네. 홀로그램을 이용한 특별 공연이라는데. 정선구장에서는 전광판을 이용해서 홀로그램을 만들어 냈는데 여기서는 그냥 공간에 나타내는 거네."

"아! 그렇구나. 여기 이 홀로그램이 가장 최신의 기술을 이용했다고 되어 있네. 그리고 이 홀로그램 기법은 앞으로 통신에 활용을 할 거라는데."

"홀로그램 기법을 통신에 활용하다니 그게 무슨 말이지?"

"무슨 말은? 화상 통신이 한 단계 업그레이드된다는 말이지."

"아아! 역시 그룹 '환' 의 기술은 알아 주어야 한다니까. 정말이지 그룹 '환' 이 우리나라 기업이라는 게 자랑스러워."

이 두 시간의 K─POP 가수들의 공연은 원래는 1
시간짜리 식전 행사였다.

그런데 온누리배 국제 축구대회 8강전이 벌어지는
시점에서 세계 유수의 음악방송사들이 K─POP 공연
시간을 늘려 달라고 요청하는 바람에 갑자기 2시간으
로 늘어나게 되었다.

KM 엔터테인먼트에서는 늘어난 시간만큼 출연시
킬 K─POP 가수들을 더 많이 출연시키려고 했다.

하지만 이 KM 엔터테인먼트의 성의는 다른 엔터테
인먼트에 곧이곧대로 받아들여지지 않았다.

다른 엔터테인먼트 회사들은 KM 엔터테인먼트에
서 자기들을 좌지우지하려는 계략쯤으로 해석을 하고
협조 요청을 거부했다.

시간이 많이 남아 있으면 설득을 할 수도 있었겠지
만 남은 시간이 불과 1주일이어서 설득한다는 것은 포
기하고 말았다.

결국 KM 엔터테인먼트는 소속 가수들을 최대한 활
용할 수밖에 없었다.

그래서 전혀 예정에 없던 제2기 '뮤즈 걸스'와 새로 데뷔하게 될 보이그룹, 그리고 새로이 결성한 록밴드들을 공연에 투입하게 되었다.

이들은 아직 데뷔를 하지 않았다고는 하지만 이미 적게는 6개월에서 많게는 5년까지 연습생 생활을 거쳤으므로 실력이 약간 부족했지만 크게 떨어지지는 않아 공연을 강행하는데 크게 문제는 없었다.

특히 전 세계적인 반향을 일으키며 공개 오디션을 통해서 멤버들을 모집했던 제2기 '뮤즈 걸스' 같은 경우에는 비록 6개월여의 짧은 연습생 기간을 거쳤지만 기존의 K—POP 가수들이나 그룹들에 조금도 뒤지지 않았다.

그녀들이 제2기 '뮤즈 걸스' 멤버로 뽑힐 당시에 이미 어느 정도 실력들을 갖추고 있기 때문이었다.

게다가 이미 인지도에 있어서는 어떤 K—POP 가수들이나 그룹들보다 더 우위에 있었기 때문에 상품성도 있었다.

그것은 세계 유수의 음악 방송사들과 공연 실황 중계를 체결하는데 전혀 하자가 없다는 말이었다.

아니, 세계 유수의 음악 방송사들이 제2기 '뮤즈

걸스' 멤버들의 공연 중계에 더 적극적이었다.

제2기 '뮤즈 걸스' 멤버들을 뽑는 오디션부터 전 세계의 이목을 사로잡았던 터여서 멤버들의 다음 이야기들이 궁금해 할 것이기 때문이었다.

결과적으로 제2기 '뮤즈 걸스'를 비롯한 소속 신예들을 공짜로 세계에 알리게 된 KM 엔터테인먼트로서는 완전 꿩 먹고 알 먹고였다.

사실 K—POP은 세계 음악의 주류가 되었지만 이런 자리를 빌려 세계에 미리 알리는 것과 그렇지 않는 것은 인지도와 수입에서 천지 차이의 결과였다.

또 하나 KM 엔터테인먼트에서 기대하고 있는 소득이라면 '뮤즈 걸스'의 인지도가 기대하고 있는 것 이상이어서 '뮤즈 걸스'들이 제2기 '뮤즈 걸스'들을 가르치는 것을 방송으로 내보내도 충분히 돈이 될 것 같다는 것이었다.

그 말은 곧 2기 '뮤즈 걸스' 자체만으로도 충분히 상업성이 있다는 말이었다.

사실 엔터테인먼트는 인지도의 싸움이다.

얼마만큼 알려져 있느냐 그렇지 못하냐는 것이 수입과 직결된다는 말이다.

'뮤즈 걸스' 들을 스타로 만드는데 엄청 공헌한 것들 가운데 하나는 바로 방송을 통한 홍보였다.

'뮤즈 학교에 가다.' 와 '뮤즈와 아이.' 라는 예능 방송을 타면서 '뮤즈 걸스' 는 신인답지 않는 인지도를 가질 수 있었다.

이 방송은 당시 '슈퍼 걸스' 에 밀렸던 '뮤즈 걸스' 들을 대중들에게 더 친근하게 다가설 수 있게 만들어 주었고, 그렇게 받아들여진 '뮤즈 걸스' 는 '슈퍼 걸스' 가 미국 시장을 노리고 국내 시장을 비운 틈을 타서 확고하게 국민 요정이 될 수 있었다.

게다가 '뮤즈 걸스' 의 방송 테이프들은 한류 덕분에 외국으로 불티나게 팔려 나가면서 짭짤한 소득이 되어 주기도 했다.

'뮤즈 학교에 가다.' 와 비슷한 포맷으로 '1기 뮤즈' 들과 '2기 뮤즈' 들의 실생활—물론 잘 짜여진 가상의 실생활이겠지만—을 공개한다면 그 자체만으로 엄청난 상업성을 가질 수 있을 것이다.

과거 '뮤즈 걸스' 의 팬 층이 동남아와 일본 정도였다면 지금 '뮤즈 걸스' 를 선호하는 팬 층은 이미 전 세계를 아우르는 것이었기 때문이다.

KM 소속의 아이돌 그룹들이 한창 공연을 하고 있을 때 거의 전 세계 정상들을 비롯한 VVIP들이 약속이나 한 듯 속속 누리 돔으로 모여들고 있었다.

그것은 제1회 온누리배 국제 축구대회의 성공적인 개최를 축하한다는 핑계로 모여들었지만 실상은 그들의 속셈은 그룹 '환'이 만든 '하나로 캡슐'의 혜택을 볼 수 있을까 하는 것이었다.

온누리배 국제 축구대회 8강전을 한창 치르고 있을 무렵 그룹 환'에서 발표한 '하나로 캡슐'의 임상 실험 결과가 너무 엄청났기 때문이었다.

―총 10명의 자원 실험자들이 '하나로 캡슐'에서 4주간의 안정을 취한 결과 최장 33세, 최하 25세 젊어진 효과를 보였으며 전체 평균 28세나 젊어졌습니다.

더욱 흥미로운 것은 실험에 참가한 피실험자들이 모두 젊어졌을 뿐만 아니라 인체의 노화로 인한 성인병까지 깨끗하게 나았다는 점입니다.

심지어 체질을 완전 개선하여 아무런 부작용이 없이 알레르기까지 나았습니다.

이는 의학적으로 일대 획기적인 사건이 아닐 수 없

습니다.

그룹 '환'은 모든 인간이 젊고 건강하게 100세까지 살 수 있도록 최선을 다하겠습니다.

100세까지 사는데 젊고 건강하게 살 수 있다니 얼마나 놀라운 일이냐.

그룹 '환'의 인체 실험 결과 발표는 세계 모든 사람들의 주목을 받을 수밖에 없었다.

특히 방귀깨나 뀌는 자들은 어떻게 우선적으로 시술을 받을 궁리를 하며 그룹 '환'의 CEO인 최강권에게 눈도장을 받고 싶어 아무런 관계도 없는 온누리배 결승전을 관람하러 왔다는 것이다.

골 때리는 것은 '보라매'나 단백질 섬유 그리고 '무한력' 때문에 그룹 '환'을 사사건건 걸고 넘어졌던 세계기업연합(WUC)에 속한 기업의 총수들도 돔 구장에 버젓이 앉아 있다는 것이었다.

그들 대부분이 은퇴를 얼마 남기지 않은 60대가 넘었기에 당연한 것인지도 몰랐다.

강권은 VIP룸에 예약하지 않았으면 어느 누구도 VIP룸에 들어오지 못하게 조치했지만 이들은 VIP룸의 티켓을 어떻게 구했는지 버젓하게 들어와 있었다.

역시 VVIP들은 다 그만한 능력이 있는 모양이었다.

'하, 저것들 진짜 낯짝이 두꺼운데……'

강권은 저들의 후안무치함에 내심 인상을 찌푸리면서도 겉으로는 그러든지 말든지 전혀 눈길조차 주지 않았다.

아니, 저들의 저런 행태가 안타깝게 여겨지기까지 했다.

아이돌 그룹들의 공연이 거의 끝나갈 무렵에 서원명 대통령 부처가 누리 돔구장에 나타났다.

비록 서원명 대통령이 초청을 하지는 않았지만 세계 20~30여 개국의 정상들이 누리 돔구장에 왔기 때문에 그냥 모른 척할 수는 없었으리라.

서원명 대통령은 여기저기 돌아다니면서 인사치레를 한 다음에 강권에게 왔다.

강권은 그런 서원명 대통령에게 한 소리를 했다.

"이보게. 정암, 저들은 국빈 자격으로 온 것도 아닌데 자네가 굳이 이곳에 올 필요가 있는가?"

"이봐, 강권이 외교 관계라는 게 그렇지 않다네. 우

리나라가 항상 잘 나갈 수 없는 것이고 또 잘나가더라도 우리나라 인구가 1억이 가까워지다 보니 그 많은 국민들을 다 챙길 수는 없는 노릇이 아니겠나? 기회가 있을 때 베풀어 주어야 내가 아쉬울 때 도움을 청할 수 있지 않겠는가? 나는 정치는 궂은 날을 대비하는 정신 자세가 기본적으로 깔려 있어야 한다고 보네."

강권은 서원명 대통령의 대꾸에 빙그레 웃으며 말했다.

"하하하, 알고 있네. 내가 굳이 '하나로 캡슐'의 임상 실험을 대회 8강 전후에 발표를 한 것도 따지고 보면 자네가 생각하고 있는 그런 이유 때문이라네."

"도대체 그게 무슨 뜬금없는 말인가? 내가 생각하고 있는 그런 이유라니?"

"하하하, 기회가 있을 때 베풀어야 내가 아쉬울 때 도움을 청할 수 있다며? 바로 그런 이유 때문이라네. 또 궂은 날에 대비하기 위한 것도 있고."

"……."

"사실은 저번에 원유를 비롯해서 각종 지하자원을 찾았다고 발표했었지 않은가? 그때 저치들이 우리나라를 제재하는 방안을 강구하려고 필라델피아에서 모였었네. 물론 그렇다고 저치들이 우리나라나 그룹 '환'을 제재할 수 있는 이렇다 할 대책을 세우지는 못했지. 하지만 저치들이 힘을 합한다면 우리나라에 좋지 않은 영향을 미칠 건 빤하지 않겠나?"

"으음, 그렇겠지."

"사실 저치들이 어떤 수를 쓰더라도 마음만 먹는다면 나는 저치들을 몰락시킬 수 있네. 그런데 그 과정에서 힘없는 수많은 사람들이 고통 받을 것은 불문가지일 것이 아니겠나. 그래서 되도록 저자들과 맞부딪히는 걸 피하고 대신에 저자들에게 당근을 제시할 필요가 있었네."

"그렇다면 저들에게 '하나로 캡슐'을 개방할 생각인가?"

"물론 그런 생각은 갖고 있네. 그렇다고 저치들 모두에게 개방할 생각은 없네. 필요한 사람이 열인데 물건은 하나만 있다면 어떻게 되겠나?"

"으음, 이이제이(夷以制夷)인가?"

"하하, 그렇다면 그런 것이겠지."

"대충 알 것 같네만 좀 더 자세히 말을 해 주게. 내가 맡고 있는 자리가 자리이다 보니 최대한 조심스러워지지 않을 수 없네."

"하하, 그것이 나라의 지도자로서 바른 덕목이겠
지."

강권은 약간 뜸을 들인 다음 말을 이었다.

"인간은 먹고 살 만해지면 건강하게 오래살고 싶어
하네. 세계의 지도자들은 물론이고 세계기업연합
(WUC)을 막후에서 지배하고 있는 로스차일드 가문이
나 록펠러 가문의 당대 가주들의 나이가 대부분 70살
이 넘었네. 그들에게 20~30살 젊어질 수 있다는 것
은 엄청난 유혹이 아닐 수 없겠지. 저치들의 능력과 경
륜에 10년만 젊으면 세상을 모두 움켜쥘 수 있다는 생
각이 들 테니 말일세. 문제는 '하나로 캡슐'로 젊음과
건강을 만드는데 들어가는 약재들이 장난이 아니어서
한 해 시술할 수 있는 사람 수가 10여 명 안팎이라는
것일세."

강권이 이렇게 말을 했지만 사실은 '하나로 캡슐'
에 들어가는 약재는 어디에서도 볼 수 있는 흔하디흔
한 잡초(雜草)들이 대부분이었다.

잡초에서 무슨 그런 효과를 낼 수 있느냐고 의아해
하는 사람들도 있을 것이다.

그런데 그것은 잡초를 너무 무시하는 것이다.

사람들에게 무시당하는 잡초들에는 개개마다 놀라운 효능들을 갖고 있다.

천년 묵은 산삼보다 잘 어우러진 천 가지 잡초가 인간에게 더 효능이 있기 때문이었다.

좀 귀찮은 것은 천 가지 이상의 수많은 잡초들을 선별하는 과정이었다.

물론 백두대간 인근의 주민들과 계약을 해서 활용하면 된다고는 하지만 쉬운 일만은 아니었다.

강권의 말이 그럴듯하게 느껴졌는지 서원명 대통령은 가볍게 한숨을 쉬며 대꾸했다.

"아하! 거기에서도 힘의 논리가 지배되겠군. 그리고 저들의 단결력을 약화시킬 수 있을 것이고."

"하하하, 내가 생각하고 있는 것이 바로 그걸세. 나는 그걸 위해서 저들에게 쿼터제를 적용할 것이고, 저들에게 스스로 대상자를 정하게 할 것이네. 그러면 힘으로 찍어누르려는 놈들과 직접적으로 반발은 하지 못한다고 해도 거기에 반발심을 갖는 놈들이 생기겠지. 그리고 우리가 그 상황을 잘만 이용한다면 저들은 이제 더 이상 우리를 적대시할 수 없을 정도로 망가뜨릴 수 있겠지."

강권이 서원명 대통령과 이런 이야기를 나누고 있는 동안 경옥은 퍼스트레이디와 역시 속삭이듯 이야기를 하고 있었다.

그런데 여자들의 관심은 남자들과는 달라서 그녀들은 세계의 VVIP들이 패용하고 있는 명품들에 쏠려 있었다.

그동안 경옥은 명품들에 그다지 관심이 없었는데 나름 품위가 있어 보이는 VVIP들이 명품들을 패용하고 있는 것을 보자 마음이 달라진 것 같았다.

물론 그것은 세계 최고라고 생각하고 있는 자기의 남편인 강권의 위신과 관계가 있기 때문이라고 자위하면서 말이다.

자기 남편보다 못한 자들의 부인들이 같잖은 명품들로 치장하고 은근히 자기 남편을 졸부로 보는 것 같다는 느낌이 들었기 때문이다.

그것은 단지 경옥의 느낌만은 아니었다.

실제로 구미인들 대부분은 유색인종을 열등한 종족으로 보는 경향이 다분했다.

'이것들이 어디서 그런 되먹지 못한 눈길로 쳐다봐.

니들이 명품이라고 치는 것들이 영양가가 하나도 없다는 걸 알기나 해?'

사실 경옥의 친구들인 이른바 청담동 칠 공주들은 너무나 당연하기 때문에 명품들에 전혀 관심을 두지 않았었고 경옥도 명품을 갖는 것을 자랑스럽게 생각지 않았었다.

그런데 퍼스트레이디인 김명희는 그게 아니었다.

김명희의 친구들이 청담동 칠 공주들과는 레벨이 약간 차이가 났기 때문이었다.

물론 김명희 여사의 아버지인 성곡 김차랑의 부가 상당해서 수백만 원을 호가하는 명품들은 살 수는 있었다.

하지만 그뿐, 몇 억씩이나 하는 시계, 몇 십억을 호가하는 목걸이, 팔찌, 귀걸이 등의 장신구를 착용할 정도의 부를 갖고 있는 것은 아니었다.

명품에 빠삭한 김명희 여사는 몇 억, 몇 십억을 호가하는 명품들로 치장하고 있는 VVIP들에게 나름 열등감을 갖지 않을 수 없었다.

그런데 김명희 여사가 알지 못하는 것은 저들이 치장하고 있는 상당수의 명품들이 저들이 돈을 주고 산

것이 아니라 가문에서 대대로 내려온 것이라는 사실이었다.

여기에 모인 VVIP들의 태반은 짧게는 수백 년, 길게는 천 년이 넘는 동안 이어져 왔던 귀족들이라는 게 원인일 수 있었다.

그런 이유로 저들 VVIP들이 착용하고 있는 상당수의 명품들은 역사적인 가치가 있는 것들이 많았다.

그런 역사적인 명품들이었기에 명품광에 속하는 퍼스트레이디인 김명옥 여사는 눈이 돌아가지 않을 수 없었던 것이다.

또 그런 김명희 여사가 옆에 앉아서 경옥에게 은근히 바람을 넣자 경옥 역시 여자이기에 약간이나마 흔들리지 않을 수 없었던 것이다.

서원명 대통령과 퍼스트레이디 김명희 여사가 시축을 하기 위해 그라운드로 내려간 사이에 경옥은 강권에게 은근한 어조로 말했다.

"여보, 이제 우리도 부자인데 저 사람들처럼 좀 그럴듯하게 꾸미고 다녀야 하지 않겠어요?"

"하하하, 그러지 뭐. 뭐가 필요한데?"

"여보! 그렇게 건성으로 대꾸하지 마세요. 전 지금

진지하단 말이에요."

"하하, 여보, 나도 지금 진지하게 말하고 있어. 그리고 말이야."

"……."

"우리가 부가 모자라서 저런 명품들을 사지 않았던 건 아니었잖아. 고기를 주는 것보다 고기를 잡는 방법을 알려 주라고 차라리 이 기회에 저런 것들보다 더한 명품들을 만드는 회사를 세우는 게 어떻겠어?"

"어떻게요?"

"내가 민족대학 '환'을 세웠던 것은 바로 그런 것을 염두에 두었던 거야. 특히 엄청난 보수를 지급하고 세계 유수의 디자이너들을 끌어들였던 것도 바로 그 때문이지. 자네가 알아서 한 번 명품을 만드는 회사를 세워 보라고, 까짓 돈이야 얼마가 들어도 상관없어. 자네 친구들인 청담동 칠 공주들은 다들 명품들을 보는 안목이 있을 거 아냐? 그녀들에게 도움을 청한다면 나름 방법이 생기겠지."

강권은 돈이야 쌓아둘 곳이 없을 정도로 많이 있었기 때문에 별다른 생각없이 이렇게 말했다.

그런데 경옥이 정말로 사고(?)를 칠 줄은 추호도 생

각지 못했다.

물론 경옥의 눈에서 이상한 광채가 발하는 것에 약간 불길(?)한 예감이 들기는 했지만 말이다.

'설마?'

그런데 그 설마가 얼마 후에 정말로 현실이 되어 버렸다.

"알았어요. 분명 돈이 얼마가 들어도 상관이 없다고 했죠?"

"하하하, 그래. 얼마가 필요하건 얘기만 하라고. 참, 미진이도 자네에게 붙여 줄 테니까 정말 세상 사람들이 눈이 휘둥그레지도록 멋들어진 명품들을 만들어 보라고. 참, 민족대학 '환'의 디자인학과 학생들을 이용하면 훨씬 쉬울 거야."

"여보, 당신의 기대에 어긋나지 않을게요."

강권과 경옥이 얘기하는 동안 관중들의 환호 속에 제1회 온누리배의 주인을 가리기 위한 결승전이 벌어지고 있었다.

전문가들은 공격은 '슈퍼 헥사곤'을 앞세운 대한민국 대표팀이 우세하고 수비는 누리축구단이 훨씬 우세해서 팽팽한 균형을 이룰 것이라는 예상을 한 바 있다.

　그런데 팽팽할 것이란 전문가들의 예상을 깨고 경기는 누리축구단의 일방적인 게임으로 흘러가고 있었다.

　'풀스'를 제대로 활용한 누리축구단의 수비수들이 '슈퍼 헥사곤'들을 철저하게 막았을 뿐만 아니라 누리축구단의 공격수들 또한 수비에 가담한 결과였다.

　반면에 대한민국 대표팀의 수비수들은 누리축구단의 공격을 효과적으로 차단하지 못했고 거기에서 우열이 벌어질 수밖에 없었던 것이다.

　전반만 벌써 세 골을 허용한 대한민국 대표팀이었지만 관중들은 그다지 신경을 쓰지 않고 있었다.

　대한민국 대표팀을 이기고 있는 누리축구단 역시 대한민국 팀이었기 때문이리라.

　"승부는 빤할 것 같군. 여보, 명품을 만드는데 디자인의 질을 높이는 게 필수라는 것을 알고 있어?"

　"예. 저도 지금까지 그걸 생각하고 있었어요. 여보, 온누리배 축구 대회처럼 디자인에 관한 국제대회를 개최하는 게 어떻겠어요?"

　"으음, 좋은 생각이군. 아예 이 기회에 디자인 대회

를 개최해 보자고."

"디자인 대회요?"

"디자인하면 떠오르는 순우리말 있잖아. 맵시. 제1
회 맵시배 디자인 국제 대회를 개최하고 대상에 1억
달러, 금상에 5천만 달러, 은상에 3천만 달러, 동상
에 1천만 달러 등등 엄청난 상금을 지르는 거야. 물론
출품작에 대한 모든 권리는 주최하는 우리 그룹 '환'
이 갖는 것으로 하고 말이야. 그럼 내로라하는 디자이
너들이 모두 참가할 거 아니겠어? 그 수상작들을 갖다
쓰면 나름 명품의 요건을 갖출 게 아니겠어?"

"그렇게나 많은 돈을 들여도 되요?"

"어차피 세상은 돈 놓고 돈 먹기야. 명품이 왜 비싸
게? 물론 상품의 질이 좋은 이유도 있겠지만 나름 역
사와 스토리가 있기 때문이지. 맵시배의 역할이 바로
역사와 스토리를 대신하는 거지. 그것으로 들인 돈의
몇 배를 챙길 수 있을 거야. 덤으로 명품 소리 들어가
면서 말이야."

"아! 그렇군요. 그런데 언제 디자인 대회를 개최할
건데요?"

"오늘 결승전 시상식 때 발표를 하고 디자인 대회는

약간의 준비 기간을 두어서 올해 겨울이나 내년 봄에
나 열면 되겠지."

"그럼 좀 빠듯한 감은 있지만 올 겨울에 여는 걸로
하지요."

"하하하, 그렇게 하세요. 김철호 이사가 그런 것은
잘할 것이오. 그리고 한 가지 당부할 것은 오명희와는
깊게 얘기하지 마시오. 괜히 오성이 끼어들겠다고 설
치면 곤란하니까 아시겠소?"

"예. 걱정 마세요. 제가 그런 것도 모를 줄 아세
요?"

강권은 와이프 경옥의 자신 있는 소리에 빙긋 웃었
다.

문득 경옥의 말처럼 되지 않을 가능성이 크다는 생
각이 들었던 까닭이다.

물론 그렇게 생각하는 것에는 나름 이유가 있었다.

경옥과 오명희와의 관계처럼 어중간한 관계가 거절
하기 제일 난처한데 경옥은 잘 거절하지 못해서 오명
희에게 이용당하기 쉬울 것이다.

그것은 경옥이 멍청해서가 아니라 재벌가에서 자란
오명희는 어려서부터 그런 관계를 이용하는 방법을 배

웠기 때문이었다.

VVIP가 괜히 VVIP가 아닌 것이다.

강권은 오성그룹에서 국제 디자인 대회에 곁다리로
낀다고 해도 그리 나쁘지는 않을 것이라는 생각이 들
었다.

주체만 확실히 해 두면 손해 볼 일은 없을 것이기
때문이다.

세계 축구팬들의 비상한 관심을 가진 제1회 온누리
배 국제 축구대회의 우승팀은 누리축구단이었다.

누리축구단은 다섯 명의 핵심 공격수들을 국가대표
팀에 차출당해서 초반에 엄청 고전을 했지만 점차 안
정된 전력을 갖추며 온누리배에 입을 맞출 수 있게 되
었다.

이번 대회에 최우수 선수로 선정되기도 한 누리축구
단의 기도형은 무려 10kg의 황금과 각종 보석으로
치장이 되어 있는 온누리배를 번쩍 치켜들면서 감격의
눈물을 흘렸다.

'정말이지, 꿈만 같아. 재만이가 누리축구단으로 나는 이번 대회에 뛰었다면 영락없이 후보로 뛰었을 텐데……'

정말 그랬다.

대회를 불과 얼마 남겨 두지 않고 더러코 성재만을 포함해서 다섯 명의 슈퍼 헥사곤이 국가대표로 발탁이 되지 않았다면 기도형은 천생 누리축구단의 후보로 대회에 임해야 했을 것이다.

또한 슈퍼 헥사곤들이 누리축구단으로 뛰었다면 기도형은 발군의 기량을 발휘할 수 없었을 것이다.

결과적으로 슈퍼 헥사곤의 불행(?)이 그에게는 행운이 되었다.

사실 엄밀히 따져볼 때 기도형은 성재만보다 더 나은 실력을 가졌다고 볼 수 없었다.

기도형이 실력이 더 나았다면 이미 성재만을 제치고 누리축구단에서 주전을 차지했을 것이니까 말이다.

기도형 역시 내심 성재만보다 자신의 실력이 더 낮지 않다는 것을 인정하고 있었다.

물론 이제는 그다지 뒤지지 않을 것이라는 확신을 갖고 있었지만 여전히 성재만에게 다소 열등의식을 갖고 있는 것은 사실이었다.

하지만 한 가지 확실한 것은 단상위에서 온누리배를 들고 감격의 눈물을 흘리고 있는 사람은 성재만이 아니라 기도형 자신이라는 사실이었다.

'이래서 꿩 잡는 게 매라는 말이 나온 모양이지?'

기도형의 그런 모습을 보고 강권은 빙그레 웃었다.

기도형은 강권의 미소를 보았을 때 강권이 마치 자기에게 속삭이고 있는 것 같았다.

'기도형, 이 감격, 이 뿌듯함을 가슴에 새겨 두고 잊지 않도록 노력을 해라. 진정한 승자는 남을 이기는 자가 아니라 자기 자신을 이기는 사람이다. 굳이 자신을 남과 비교할 필요는 없다. 진정한 승리자가 되는 길은 오늘 아로새겨 둔 감격과 뿌듯함을 다시 한 번 맛보겠다는 자세만 가지면 된다.'

착각이었을까?

분명히 이런 소리를 들은 것 같아서 다시 한 번 쳐다보았지만 강권의 입가에는 그린 듯 매어 달린 미소만이 자리하고 있었다.

그런데 그 미소를 보자 가슴의 응어리가 사라지고

있다는 것이 느껴졌다.

이신전심, 심심상인, 염화시중의 미소가 있다면 바로 이런 미소일 것이다.

문득 기도형은 강권의 미소를 보면서 자기가 들은 것 같은 느낌이 잘못된 게 아니라는 확신이 들었다.

누리축구단의 모든 애들에게 다 그렇겠지만 기도형에게 있어 강권은 그의 생애에 가장 위대한 후원자이자 스승이었기 때문이다.

'회장님, 아니, 강권님, 반드시 진정한 승리자가 되도록 최선을 다할게요.'

'하하하, 도형아, 내가 바라는 것이 바로 그것이란다. 세상에서 최선을 다한다는 것만큼 좋은 게 없는 것이란다.'

기도형은 자기가 너무 기분 좋은 나머지 맛이 약간 간 것 같다는 생각이 들었다.

그도 그럴 것이 실제로 자기가 지금 느끼고 있는 것처럼 회장님, 아니, 강권님이 자기 생각에 일일이 다 대꾸를 해 주지는 않을 것이기 때문이었다.

물론 실제로 강권이 기도형의 생각에 일일이 다 대

꾸해 주는 것은 아니었고 기도형이 느끼기에 그렇게 하는 것처럼 느낄 뿐이다.

그것은 강권이 9클래스에 오르면서 창안한 심리학과 결부된 새로운 유형의 마법이기 때문이었다.

아무것도 아닌 것 같지만 이 마법은 피시전자에게 자발적인 노력을 유도해서 피시전자의 일생에 엄청난 변혁을 일으킬 수 있는 마법이었다.

아무리 좋은 환경과 자질을 갖고 있어도 스스로 노력하지 않는다면 좋은 환경과 자질은 무용지물에 불과하다.

하지만 한 가지 확실한 것은 기도형은 내심 자신의 우상인 강권이 바라는 것처럼 최선을 다해 승리자가 되도록 노력할 결심을 굳혔다는 것이었다.

이게 바로 강권이 생각하고 있는 마법의 효능이기도 했다.

제1회 온누리배 국제 축구대회에서 누리축구단이 우승했다는 것은 세계 축구계에 새로운 축구 강자가 나타났다는 것을 의미하는 것이기도 했다.

제7장

명품 만들기 프로젝트

— 맵시배 디자인 월드컵을 개최하다

그룹 '환' 맵시배 디자인 월드컵을 개최하다.

　세계인들은 제1회 온누리배 국제 축구대회가 폐막하자마자 또 한 번의 굵직한 사건을 터트리는 그룹 '환'의 돈지랄에 경악을 금치 못했다.

　"은성아, 뭐라고? 그룹 '환'에서 이번에는 디자인 월드컵을 개최한다고?

　"그래. *시각디자인, 제품디자인, **복식(服飾)디자인, ***환경디자인 이렇게 네 부문에 걸쳐 각 부문의 1등에 무려 1억 달러의 상금을 걸고 디자인 월드컵을 개최한다고 하더라고."

"그게 저, 정말이야? 온누리배 국제 축구대회를 개최한지 얼마나 됐다고?"

"모르지. 뭐, 그렇다고 하더라고. 그뿐만이 아니라 2등인 은상만 해도 무려 5천만 달러에 동상은 3천만 달러라고 하데."

"와! 그럼 도대체 얼마를 상금으로 내놓겠다는 거야?"

"얼마긴 얼마야? 금상에 1억 달러니까 네 부분이면 4억 달러에, 은상이 총 2억 달러, 동상은 1억 2천만 달러 모두 합하면 7억 2천만 달러 아냐?"

"그뿐만이 아니라 본선에 오르기만 해도 최소 100만 달러를 참가비 명목으로 준다고 하더라. 그리고 각 부문마다 본선 참가작이 무려 32개나 된대. 마치 월드컵처럼 32강부터 시작하는 거라나 뭐라나?"

네 부문에서 각각 32작품이 본선에 오르면 총 128개 작품이 경합을 하는데 기본적으로 100만 달러를 지불한다는 말이 된다. 즉 32강에서 머무는 작품에 각각 100만 달러씩 총 5천 4백만 달러가 지급이 된다는 말이다. 물론 16강에 오른 작품들은 상금이 아직 결정이 되지 않았으니 추후 지급이 될 것이다.

이렇게 해서 16강에 오르면 100만 달러라는 상금은 거의 배로 뛰게 되고, 다시 16강에 머무는 작품들에 2백만 달러씩 지급되니까 총 5천 4백만 달러가 지급 된다는 말이었다.

즉, 각 라운드마다 총 5천 4백만 달러가 지급이 된다는 말이었다.

아무리 관대하게 봐 줘도 돈지랄이라는 말 외에는 달리 할 수 있는 말이 없었다.

"와! 그럼 도대체 얼마를 처바른다는 거야? 이쯤하면 완전 돈지랄인 것 같은데 그렇게 투자를 해도 남는 게 있으려나?"

"맞아. 돈지랄도 이런 돈지랄이 없지. 그까짓 디자인이 얼마나 값어치 있다고 4년마다 대략 10억 달러 정도를 들인다고 하냐고?"

"네가 생각해도 그렇지? 정호야. 수상작들은 물론이고 참가작들까지도 그룹 '환'에서 소유권을 유보한다고는 하기는 하는 것 같던데 그걸로 4년마다 10억 달러가 벌어들일 수 있으려나 몰라?"

"그래? 유식아, 그럼 어쩌면 돈을 들인 만큼 벌어들일 수 있을지도 모르겠다. 최강권이 하는 일 아냐? 그룹 '환'의 최강권 회장이 어떤 사람이냐? 지금까지 그 사람이 한 일치고 하나라도 손해를 본 게 있기나 하냐?"

"하긴, 최강권 그 사람이 하면 무조건 이득을 남겼으니까 그럴지도 모르겠다. 이번에 개최한 제1회 온누리배 국제 축구대회만 해도 겉보기에는 적자였지만 중계료, 관광 수입 등을 엄밀하게 따지면 엄청 많은 흑자를 봤다는 말도 있으니 말이지."

김정호는 임유식의 대꾸에 긍정한다는 듯 고개를 주억거리다 문득 의구심이 든다는 듯 말했다.

"그것은 그렇다 치고, 디자인 작품을 선발하는데 전체를 놓고 한꺼번에 선발하지 않고 무슨 월드컵처럼 토너먼트 방식으로 하냐?"

"그것이 바로 이번에 개최하는 맵시배 디자인 월드컵의 묘미라는 거야. 네티즌들의 인터넷 투표로 두 팀 가운데 승자를 가리게 하는 방식으로 진행을 한대. 예전에 한참 유행을 탔던 오디션 프로그램처럼 말이지. 그런데 32강전부터 우승팀까지 전부 맞힌 사람들 중에서 한 사람을 뽑아서 최고 3천만 달러를 준다는 거야. 그리고 우승팀을 맞춘 사람들 중에서 중간에 아깝게 한 번 틀린 사람들에게는 2등의 기회를 부여한다는 거지. 그런데 이 2등의 상금이 무려 최고 천만 달러나 된대. 이렇게 총 6등까지 있는데 6등 상금도 무려 100만 달러나 된대."

"그게 더 이해가 안 되는데?"

"뭐가?"

김정호가 고개를 갸웃거리자 임유식이 뭐가 그러냐는 듯 되물었다.

"유식아, 전부 맞춰야 된다며? 생각해 봐. 32강에 오른 팀만 해도 108팀이나 되고, 한 부문에서 32강전부터 전부 맞추려면 한 부문만 해도 32강전에서 16개 팀, 16강전에서는 8개 팀, 이렇게 총 31개 팀을 맞춰야 될 거 아냐?"

"아! 그거. 그게 단승식과 복승식의 차이라고 보면 돼. 단승식은 32강에서 그냥 16강에 오를 팀 하나만 고르면 되는 것이고, 복승식은 전부 다 맞춰야 하는

거래. 물론 복승식의 상금이 3배 많다고 보면 돼. 복
승식에 응모하려면 3달러야."

"그럼 굳이 3달러를 들여 복승식을 할 필요가 있을
까? 복승식으로 맞출 확률이 몇 배나 많을 테니까 말
이야."

"그게 또 묘미가 있어. 복승식을 택할 경우에는
당연히 단승식에 응모가 된다는 거지. 그러니까 복
승식으로는 중간에 하나가 틀리더라도 16강에 오를
팀, 8강에 오를 팀 등등 이렇게 해서 모두 맞출 경
우에는 단승식으로도 응모가 된다는 거지. 그러니까
전부 맞출 경우에는 단승식으로도 복승식으로도 모
두 응모가 된 것으로 처리된다는 거야. 그러니까 단
승식, 복승식의 1등부터 6등까지 총 12번의 당첨
기회가 있다는 거지. 3달러를 들여서 단승식 6등이
라도 맞추면 최소 몇 배는 벌 수 있어. 그리고 총
50여 차례나 당첨 기회가 있으니 얼마나 좋은 기회
야."

이렇게 따져 보면 결국 이것 역시 돈 놓고 돈 먹기
였다.

맵시배 디자인 월드컵은 디자이너를 꿈꾸는 사람들

이 각 부문에 응모를 하고 이 작품들을 디자이너들이 평가하면서 예선을 시작한다고 한다.

심사를 맡은 디자이너들은 모두 세계적인 디자이너들이다.

예선을 거친 작품들은 다시 디자이너들의 협의를 거쳐 32개의 작품들이 선발된다.

이렇게 결정된 작품들은 네티즌들의 투표로 비로소 본격적인 본선을 진행한다.

디자인 작품을 선발하는 인터넷 투표를 하려면 응모에 한 부문 당 단승식의 경우에는 각 1달러, 복승식의 경우에는 각 3달러가 드는데 여기에 응모해야 상금을 받을 수 있다.

즉, 1달러를 들이면 1,000만 달러를 받을 수 있는, 3달러를 들이면 3,000만 달러를 받을 수 있는 인터넷 투표의 자격을 얻을 수 있다는 것이다.

어떻게 보면 이 방식은 적은 돈을 들여 엄청난 상금을 탈 수 있다는 점에서는 로또와 유사한 방식이었다.

하지만 많은 사람이 응모를 하지 않는다면 주최측에서 필연적으로 적자를 볼 수밖에 없다는 점에서 로또

와는 또 달랐다.

이를테면 로또는 전체 판매한 복권의 대금 가운데 일정 부분만 당첨금으로 지급하는데 이 방식은 응모자 수와는 전혀 상관없이 상금이 정해져 있기 때문이다.

즉, 많이 응모하면 할수록 로또보다 더 수익이 높을 수도 있지만 그렇지 못한다면 그 손해를 고스란히 주최 측인 그룹 '환'에서 떠안는다는 말이었다.

사실 경옥은 맵시배 디자인 월드컵을 구상하면서 상금을 각 부문 당 천만 달러 정도로 해서 총 1억 달러 정도 쓰려고 했었다.

4년에 1억 달러 정도 들여서 입상한 디자인들의 소유권을 갖고 그 디자인으로 상품을 만들어 판다면 적어도 손해를 보지는 않을 것이라고 생각했기 때문이다.

그런데 강권이 판을 키워 버렸다.

4년에 최소 10억 달러를 쓰겠다는 것이 그것이었다.

강권이 이처럼 판을 키운 이유는 최고의 명품을 만들기 위해 뭔가 그럴듯한 스토리를 만들기 위해서

였다.

사실 명품이 만들어지기까지는 그 상품의 질도 질이지만 그 상품에 얽혀 있는 스토리나 역사가 있기 때문이었다.

강권이 착안한 점도 바로 이점이었다.

지금 명품이라고 평가받는 상품들은 최소한 백년 이상의 역사를 갖고 있는데 새로운 명품으로 떠오르기 위해서는 이것을 대체할 만한 무언가가 있어야 한다.

강권은 그 무언가를 스토리에서 찾았다.

19C 후반부터 맹위를 떨치기 시작한 자본주의에서 가장 그럴듯한 스토리는 역시 돈이었다.

돈을 퍼부으면 없던 스토리가 생기고 없던 권위가 생긴다.

세계 최강 파이터 대회가 그랬고, 온누리배 국제 축구대회가 그랬다.

스토리와 권위가 생기면 그것은 바로 명품과 직결될 수 있다.

물론 그러기 위해서는 천문학적인 돈이 깨지겠지만 돈이 깨지면 깨지는 대로 인재들이 몰려서 좋은 점도 있을 것이다.

세계에서 유명한 축구 선수들이 유럽으로 몰리고 야구 선수들이 미국으로 몰리는 것은 그만큼 돈을 많이 주기 때문이 아니겠는가.

우리나라 제품들 가운데 상당수는 제품의 질에 비해 디자인이 좋지 못해서 세계에 알려지지 않고 있다.

같은 값이면 다홍치마라는 말이 괜히 있는 말이 아니다.

품질에서 큰 차이가 없으면 디자인이 월등히 나은 제품이 팔리게 마련이다.

강권이 맵시배 디자인 월드컵을 개최하려는 의도 가운데 하나는 우리나라 디자인의 수준을 한 단계 끌어올리는 것도 포함이 되어 있었다.

바람직한 점은 그룹 '환'에서 온누리배 국제 축구 대회에 이어 잇달아 매머드급의 세계 대회를 개최하자 세계 언론들이 알아서 선전을 해 주었다는 점이었다.

그게 아니더라도 그룹 '환'에서 매년 수십억 달러의 광고 비용을 쏟아붓는데 이 때문에 세계 언론 매체들은 알아서 홍보해 주는 것도 있었다.

매년 수십억 달러를 쏟아붓는 그룹 '환'에 잘 보일 필요가 있기 때문이었다.

그렇게 보면 역시 자본주의는 돈 많은 놈이 장땡이 아닐 수 없었다.

장철주는 민족대학 '환'에 컴퓨터 그래픽 디자인학과 학생이다.

세계 대학들은 보통 학년제를 택하고 있지만 민족대학 '환'은 학년제가 전혀 없다.

이를테면 소정의 학점을 취득함과 동시에 곧바로 수료증을 주는 시스템을 채택하고 있다.

장철주는 남들이 4년을 다닐 대학을 2년에 마치고 이번 학기에 수료하게 될 것이다.

컴퓨터 그래픽 디자인학과처럼 실기를 위주로 하는 학과는 졸업 작품을 내야 한다.

담당 교수인 욘센드는 장철주에게 졸업 작품을 대신해서 12월에 열리는 맵시배 월드컵 출품작을 내라는 제안을 했다.

요센드 교수는 민족대학 '환'은 무려 100만 달러의 연봉 계약을 맺고 데려온 세계적인 컴퓨터 그래픽 디자이너다.

장철주는 요센드 교수의 제안에 솔깃해졌다.

요새 언론매체에서 떠들고 있는 맵시배 디자인 월드컵은 입상만 하면 그야말로 대박인 디자인 콘테스트였다.

디자인을 전공한 학생으로서 그런 콘테스트에 응모하는 것은 지상의 영광이었다.

입상하면 더할 나위 없이 좋고 설혹 입상하지 않더라도 세계적인 디자이너들에게 자기 작품을 평가받을 수 있는 좋은 기회였기 때문이다.

'좋아. 한 번 제대로 사고를 쳐 보자고.'

장철주는 나름 자신이 있었다.

겨우 학부생이?

남들은 이렇게 비웃을지 몰라도 그의 이런 자신감은 전혀 근거가 없지는 않았다.

민족대학 '환'의 장점은 교수당 학생수가 10명에 불과하다는 것과 교수들 대부분이 세계에서 알아 주는 석학들이라는 것이다.

뿐만 아니라 세계적인 석학들과 권위자들의 특강을 엄청 자주 유치한다는 것도 민족대학 '환'의 교육의 질을 높여 주었다.

장철주 역시 2년 동안에 세계적인 명품을 만들어 내는 입생 로랑 수석 디자이너인 벤바르크를 비롯하여 10여 명의 세계적인 디자이너의 특강을 들을 수 있었다.

장철주는 이런 명강의들을 들으며 디자인에 개안을 할 수 있었다.

민족대학 '환'에는 장철주와 같은 학생들이 많이 있었다.

커리큘럼에 디자인에 조금이라도 관계가 있는 학과만 해도 무려 10여 개가 있다.

또 이번 맵시배 디자인 월드컵의 경쟁 부문인 네 개 부문에 조금이라도 관계가 있는 학과는 무려 4개 단과대학에 17개 학과로 늘어난다.

그 17개 학과 학생들은 물론이거니와 민족대학 '환'에 재학하는 학생들은 부전공으로 디자인에 관계

있는 과목을 수강할 수 있으니 민족대학 '환'에서 맵시배 디자인 월드컵에 출품한 학생들만 해도 무려 1,000명에 가까웠다.

민족대학 '환' 뿐만 아니라 우리나라 거의 모든 대학들의 디자인에 관계된 학과들의 재학생은 물론이고 졸업생들까지 맵시배 디자인 월드컵에 출품했다.

아니, 전 세계에서 디자인에 관계하는 거의 모든 사람들이 맵시배 디자인 월드컵에 출품했다는 게 옳을 것이다.

이렇듯 출품작이 늘어날수록 맵시배 디자인 월드컵의 준비는 의외로 순탄치 않았다.

우선 심사위원의 선정에 난항을 겪었다.

상금이 워낙 많은 까닭에 내로라하는 디자이너들이 다들 출품을 하려 한 까닭이었다.

1등은 차지하고라도 32강만 들면 100만 달러의 상금을 거머쥘 수 있다는 것은 엄청난 유혹이었다.

결국 그룹 '환'은 대안으로 심사위원이라 하더라도 출품을 할 수 있게 했다.

어차피 승부는 네티즌들에 의해서 결정될 것이기 때문이었다.

또 자기 작품에 심사를 배제하면 심사위원들에게 큰 이점은 없을 것이다.

두 번째로 어려움을 겪은 것은 출품작이 너무 많아 대회 기간까지 본선에 오를 작품들을 선정하는 것이었다.

상금에 눈이 어두워 자기 역량도 생각지 않고 개나, 소나 일단 출품하고 보았기 때문이리라.

출품작이 많다는 것이 꼭 그만큼 질적으로 우수한 작품이 많다는 것을 담보하는 것은 아니었지만 꽤나 우수한 작품들이 많았다.

그룹 '환' 은 일단 형식적 요건에 미비한 작품들을 전부 배제시켜 버렸다.

그 결과 출품작의 3분지 2가 탈락되었다.

그렇지만 여전히 심사할 출품작들이 많았다.

한 부문당 무려 수십만 점씩 출품을 했기 때문이었다.

마지막 어려움은 심사위원의 선정이었다.

물론 심사위원을 전혀 선정을 하지 못했다는 것은

아니었다.

출품작이 워낙 많다 보니까 심사위원 한 명당 심사해야 할 출품작이 많으니 심사위원을 몇 배수 뽑아야 한다는 데서 오는 어려움이었다.

출품 기간이 끝나고 집계가 된 출품작은 무려 138만 개나 되었다.

출품 부문이 넷이므로 이것을 산술적으로 따져볼 때 한 부문 당 출품작이 무려 34만 5천 개라는 말이었다.

아무리 생각을 해도 심사위원 몇 명이서 심사를 할 수 있는 양이 아니었다.

결국 그룹 '환'에서는 화가, 문화평론가, 디자인학과의 조교들까지 동원해서 한 부문 당 100명씩을 겨우 선정할 수 있었다.

심사위원 수가 무려 100명씩이나 되었지만 각 심사위원이 심사를 해야 할 작품이 최소 수백 편이나 되었다.

대회 기간이 미리 정해져 있기 때문에 본선에 오를 작품들을 심사할 기간이 여유가 있지 못하다 보니까 심사에 당연히 난항이 예정되어 있었다.

그렇다고 터무니없는 작품들이 본선에 오르지는 않았다.

심사위원들이 본선에 오를 작품들을 선정하는데 선정 사유서를 써야 했기 때문이었다.

이것은 보편적으로 괜찮은 작품들이 선정되는 대신에 천재성이 번뜩이는 특별한 작품들이 탈락되는 결과를 가져왔다.

워낙 짧은 시간에 많은 작품들을 선정해야 하는 까닭이었다.

그렇지만 천재성이 번뜩이는 특별한 작품들이 모두 사장되지는 않았다.

출품작들이 모두 맵시배 디자인 월드컵의 주최 측인 그룹 '환'에 귀속된 까닭이었다.

그룹 '환'은 출품작들을 폐기 처분하지 않고 민족대학 '환'의 교보재로 활용하면서 그 작품들의 가치를 파악할 수 있었기 때문이다.

그룹 '환'에서 그 작품들을 사용하면서 그에 합당한 대가를 지불한 것은 물론이었다.

9월부터 2개월간 출품을 받고 다시 1개월간의 선별

작업을 거치면서 본선에 오른 32강 작품들이 모두 선정이 되었다.

32강에 오른 작품들은 곧바로 인터넷에 노출이 되어 네티즌들의 투표가 시작되었다.

네티즌들의 선택은 3일 동안 이어지는데 여기에 응모한 네티즌들의 숫자가 누적 인원으로 3억 명에 가까웠다.

이 3억 명이 대부분 복승식으로 응모를 했으니 이 돈만 해도 무려 9억 달러에 가까웠다.

결과적으로 그룹 '환'에서 들인 돈은 불과 1억 달러 정도라는 말이었다.

1억 달러를 들여서 138만 개의 디자인을 선점할 수 있었으니 결코 손해 보는 장사가 아닌 셈이었다.

한 달이라는 기간 동안 네티즌들에 의해서 마침내 네 부문의 최종 우승자가 가려졌다.

우선 시각디자인의 최종 우승 작품은 세계적인 비디오 아티스트 백남준의 후계자로 급부상한 장철주의 보보당당(步步堂堂)이라는 작품이 뽑혔다.

보보당당은 우리민족의 신수(神獸)인 삼족오(三足

鳥)가 세 발에 각각 하나씩의 LCD패널을 움켜잡고 있는데 그 LCD패널에는 수렵총으로 수렵하는 고구려 무사들이 디스플레이 되고 있는 작품이었다.

보보당당이 초종 우승 작품에 선정이 된 것은 아마 한류의 영향이 클 것이라는 전문가들의 의견이 많았다.

두 번째 제품디자인의 최종 우승 작품은 그룹 '환'의 계열사인 '환' 항공에서 출품한 차세대 전천후 승용 수단인 '미르'가 선정이 되었다.

'미르'는 육상에서는 물론이고 수상, 수중은 물론이고 공중에서도 자유자재로 이동할 수 있는 차세대 전천후 승용 수단이었다.

음속을 돌파할 수 있고, 수직 이착륙이 가능하며, 수중 4,000m까지 잠수가 가능한 전천후 승용 수단이었다.

그렇지만 '보라매'와 다른 점은 무기 장착이 되어 있지 않은 순수한 승용 수단이라는 것이었다. 말하자면 '보라매'가 다운 그레이드되었는데 미적인 면은 한층 보강이 되었다고 보면 된다.

세 번째로 복식디자인의 우승 작품은 '레인보우'라는 이름으로 출품한 목걸이였다.

이름에서 알 수 있듯이 다이아몬드, 사파이어, 루비, 에메랄드, 베릴(녹주석), 블러드스톤, 크리소베릴 등의 일곱 가지 보석으로 장식할 수 있는 목걸이였다.

즉, 메인 보석이 이 일곱 가지 보석으로 바뀔 수 있게 설계된 목걸이였다.

그런데 이 '레인보우'는 간단한 조작을 통해서 일곱 가지의 보석의 교체가 가능했다.

재미있는 것은 메인 보석이 달라질 때마다 각각 거기에 맞추어져 목걸이 줄이 다르게 변할 수 있게 만들었다는 것이었다.

마지막으로 환경디자인 부문의 최종 우승 작품은 시카고 아트 스쿨 건축학과에서 미래 극악한 환경 오염을 전제해서 설계되어진 자급자족형의 '미래 도시'였다.

'미래 도시'는 강화된 투명한 단백질 섬유로 돔 형

태로 태양빛을 받아들일 수 있게 만들어 도시 안에서 농경을 하며 자급자족할 수 있게 꾸며진 계획 도시였다.

강화 단백질 섬유여서 태풍이나 돌풍 등의 어지간한 자연재해에는 끄떡도 없을 뿐만 아니라 완전 무공해 동력공급 수단인 '무한력' 발전 설비와 전기 자동차를 채용하여 공해예방 장치까지 염두에 두었다.

게다가 공장 형태의 식량 생산 기지까지 차용해서 용수만 공급이 가능한 곳이라면 언제까지 자급자족이 가능했다.

단백질 섬유, '무한력' 그리고 공장 형태의 식량 생산 기지는 모두 그룹 '환' 의 특허품이었다.

따라서 '미래 도시' 는 어떤 면에서 보면 그룹 '환' 의 특허품들로 구성되어 있는 계획도시라고 볼 수 있었다.

맵시배 디자인 월드컵이 성공적으로 끝났지만 그룹

'환'의 디자인실 직원들은 출품작 관리에 골머리를 썩여야 했다.

말이 138만 개지 그 가운데서 쓸 만한 것을 고르는 것은 장난이 아니었다.

그룹 '환'의 디자인실의 직원들이 1,000명이 넘었지만 1,000명이라고 해도 1인당 거의 1,380개의 작품을 검토해야 했다.

그러다 보니 디자인실 직원들은 맵시배 디자인 월드컵이 개최되고 나서부터 계속 야근 작업을 해야 했다.

그 결과 디자인실 직원들은 거의 좀비가 되어 버렸고, 그 원망은 맵시배 디자인 월드컵을 주관한 김철호에게 쏟아졌다.

'제기랄, 내가 디자인 월드컵을 생각한 거냐고?'

디자인실 직원들의 원성에 견디다 못한 김철호는 최강권에게 하소연할 수밖에 없었다.

"회장님, 맵시배 디자인 월드컵의 출품작이 너무 많아서 디자인실 직원들이 너무 혹사당하는 것 같습니다. 다음 회부터는 개인별로 시상할 게 아니라 원래 월드컵의 방식대로 각 나라 별로 대표를 선발해서 한 나라당 1~2개의 작품만 출품하도록 하는 게 어떻겠습니까?"

"언젠가는 해야 할 일, 미리 하는 거라고 생각하면 안 될까? 매도 먼저 맞는 게 낫다고 하잖아?"

"저, 그것이……."

김철호는 최강권의 어깃장에 기가 막힌 듯 더듬거렸다.

'이게 꼭 해야 할 일이는 하지만 그게 당장 필요한 거냐고? 남들 100년, 200년 걸릴 일을 단숨에 해치우겠다는 수작 아니냐고?'

김철호는 내심 이렇게 투덜거렸다.

사실 디자인 월드컵을 개최하는 것이야 우리나라를 위해서나, 그룹 '환'을 위해서나 추호도 나쁜 일이 아니다.

그런데 디자인의 수준을 단숨에 끌어올리겠다고 쓸데없이 엄청난 돈을 처바른 것이 잘못이라면 잘못이었다.

지나치면 모자람만 못하다는 말처럼 너무 처바른 돈

지랄에 엉뚱한 사람들만 죽어나지 않는가?

이렇게 투덜거리는 김철호의 속내를 최강권은 정확히 알고 있었다.

그렇지만 김철호가 어떻게 반응하느냐를 떠보듯 어깃장을 놓은 것뿐이었다.

"하하, 내가 괜한 일을 벌여서 김철호 자네가 골머리를 썩는구먼. 담당자인 자네가 그렇게 말한다면 그렇게 하도록 해야지 어쩌겠어? 기안해서 올리도록 해."

"그렇게라도 알아 주시니 감사합니다. 회장님. 그렇지만 디자인 월드컵 안은 괜한 일은 아니라고 봅니다. 최근에 많이 좋아졌다고는 하지만 우리나라의 디자인은 선진국에 비해 썩 내세울 만한 게 아니라서 사실 디자인 월드컵 같은 대회를 개최하는 것은 좋은 일이라고 봅니다."

"그러게 말일세. 사실 내가 진정으로 의도하는 것은 우리나라만의 명품을 만드는 일이라네. 핸드백 하나에 수천만 원을 호가하고, 시계 하나에 억대가 넘어가는 그런 명품들 말이야."

"아! 그러시군요. 회장님의 뜻에 어긋나지 않도록

하겠습니다."

강권의 말에 김철호는 고개를 주억거리며 동조했다.

물론 명품들을 많이 만들어 내는 나라라고 해서 그 나라가 부강하다는 것은 아니었다.

그렇지만 명품들이 있으므로 인해서 그 나라의 국민들은 나름 자부심을 갖게 된다는 것을 김철호는 잘 알고 있었다.

미국에서 오랜 동안 공부했던 김철호의 경험에 의하면 우리나라가 많이 발전했다고는 하지만 17~8C부터 문화를 선도해 왔던 백인들의 안목에는 대한민국은 여전히 벼락부자 된 졸부에 불과했다.

그게 인종 차별이겠지만 김철호는 세계 어떤 명품들과도 견줄 명품을 반드시 만들겠다는 결심을 굳히게 되었다.

그런데 최강권이 의도하고, 김철호가 생각하고 있는 이 명품들을 만드는 것에 엄청 공헌을 한 사람들은 뜻밖에도 청담동 7공주였다.

고기도 먹어 본 사람들이 잘 먹는다고 어려서부터 명품에 싸여 살아온 게 뜻밖의 도움이 되었던 것이다.

*시각디자인(Visual design)

어떤 메시지의 시각적 전달을 목적으로 한 모든 디자인을 가리키는 말. 광의로는 영화, 텔레비전 등의 전파매체를 통한 영상(映像)의 조형(造形)도 포함하지만 좁은 의미로는 그래픽 디자인(graphic design)만을 가리킨다.

일러스트레이션(내용 암시를 위해 특별히 제작된 그림), 레터링(lettering : 광고 따위에서, 시각적 효과를 고려하여 문자를 도안하는 일. 또는 그 문자.), 레이아웃(디자인, 광고, 편집에서 문자, 그림, 기호, 사진 등의 각 구성 요소를 제한된 공간 안에 효과적으로 배열하는 일, 또는 그 기술.) 타이포그래피(사진, 문자 또는 활판적 기호를 중심으로 한 조판과 배치 등의 2차원적인 시각 표현) 등의 조형 기능을 통해 신문 광고 · 잡지 광고 · 우편 광고 등의 광고물이나 포스터, 카탈로그, 캘린더, 서적의 판면(版面)과 표지, 레코드앨범의 재킷 등을 조형적으로 꾸미는 창작 활동.

**복식(服飾)디자인(Costume design)

피복과 그에 부속되는 장신구를 대상으로 하는 디자인을 말하며 흔히 패션 디자인이라고 한다.

***환경디자인(Environmental design)

인간의 정서 안정과 능률적인 환경을 조성하기 위하여 인간 생활 주변의 조경, 도시 계획 등 환경을 쾌적하고 아름답게 꾸미는 디자인으로 건축 및 실내의 환경 디자인을 의미하는 경우와 정원, 공원, 광장, 도로 등과 부속 설비로 이루어지는 외부 환경 디자인을 포괄하는 경우가 있다.

제8장

왜곡된 역사를 바로 세우다

그룹 '환'의 생명공학 연구소는 '구름 속에 노니는 신룡(神龍) 같은 존재'라든가 '실체는 없지만 실적만 존재하는 페이퍼 컴퍼니와 같은 연구소'와 같은 말로 호사가들의 입에 세계에서 가장 많이 오르내렸던 연구소였다.

그 이유에 대해서는 크게 두 가지로 파악할 수 있을 것이다.

우선 생명공학 연구소의 실체에 대해서 외부에 알려진 것은 거의 없다는 점이었다.

연구소의 위치라든가 심지어 연구소 직원들마저도 전혀 알려지지 않고 있었다.

연구소에서 실적물이 나오면 회장 직속의 홍보팀에서 발표를 했고 그룹 산하의 적당한 회사에 제품의 생산과 판매를 맡겼다.

그도 그럴 것이 그룹 '환' 의 생명공학 연구소의 실체는 그룹 CEO인 최강권과 드래곤이 만든 에고 아티펙트인 '해' 와 '달' 뿐이었기 때문이다.

두 번째로는 '환' 생명공학 연구소의 역사는 그리 오래되지 않았지만 이미 몇 가지의 획기적인 발명품을 만들었다.

대표적인 것은 바로 '신문이' 로 네티즌들에게 각광을 받은 호문클루스와 인간의 생명 연장의 꿈을 실현시킨 '하나로 캡슐' 이다.

그리고 그룹 내 다른 연구소에서 만들어지지 않는 것들은 대부분 생명공학 연구소의 작품으로 추정되어졌는데 그게 또 엄청 났다.

그룹 '환' 생명공학 연구소 작품으로 가장 확실시되는 것은 지금도 엄청 호평을 받고 있는 이른바 '회춘일기' 프로젝트와 '얼짱일기' 프로젝트였다.

　그 외에도 친환경 인조잔디라든가, 맞춤형 발전설비인 '무한력', 초강력 단백질 섬유, 전천후 식량생산기지 등등 생명공학 연구소 작품으로 추정되는 제품들은 엄청 많았다.

　이처럼 역사가 짧고 실체도 연구소의 거의 알려지지 않고 있지만 그룹 '환'의 생명공학 연구소는 *생명공학과 생체공학에 있어서 세계 최고의 연구소 가운데 하나라는 평가를 받고 있다.

　물론 여기에 대해서 반박하는 권위자들 또한 많은 것도 사실이었다.

　이처럼 그룹 '환'의 생명공학 연구소가 짧은 시간 안에 세계 최고로 발돋움할 수 있는 이유를 여러 가지로 꼽을 수 있지만 가장 유력한 견해는 생명공학이 내재하고 있는 특유한 성질 때문이라고 얼버무리고 있었다.

　즉, 살아 있는 생명체를 다룬다는 점에서 과학이나 공학의 다른 분야보다는 금기시되는 것이 많아서 역사에 비해 발전 속도가 느리다는 것이 짧은 시간 안에 세계 최고 반열에 오를 수 있었다는 것이다.

한마디로 말하자면 그저 운이 좋아서 우연히 대박을 친 것뿐이라는 것이다.

이들은 '환' 생명공학 연구소의 작품으로 추정되는 '회춘일기'나 '얼짱일기' 프로젝트와 같은 것들을 '환' 생명공학 연구소의 작품으로 인정치 않고 있었다.

또한 그들은 그 근거로 그룹 '환'의 생명공학 연구소에서 발표한 논문이 질적으로나, 양적으로나 다른 여타의 연구소들과 비교조차 할 수 없을 정도로 적다는 것을 들었다.

어느 정도 학문적인 튼튼한 토대 위에서 발명되지 않았으니 정당한 실력으로 볼 수 없다는 것이다.

하긴 '환' 생명공학 연구소에서 발표한 논문이 적긴 너무 적었다.

세계 유수의 공학 연구소나 의학 연구소에서는 보통 한 달에 대여섯 편씩 논문을 써 내는데 비해서 그룹 '환'의 생명공학 연구소에서 지금까지 발표한 박사급 논문은 단 두 편에 불과했던 것이다.

그룹 '환'의 생명공학 연구소는 어떻게 보면 무늬

만 공학 연구소이지 최강권의 미래지식과 '해'와 '달'의 마법과 절묘한 해킹 실력의 결합으로 대부분의 실적이 나왔기 때문에 이렇다 할 논문이 없는 것이 어쩌면 자연스러운 결과일 것이다.

그들이 내린 또 하나의 암묵적인 결론은 '환' 생명공학 연구소가 한 건을 터트린 것은 맞지만 미국이 독일 나찌 14수용소와 일제 731부대에서 자행했던 인간 생체실험의 데이터를 빼돌려 만든 다국적 제약 회사들의 기술 축적에 미치지 못할 것이라는 거였다.

이들 제약 회사들은 제3세계인들의 생명과 건강을 담보로 2차 대전 후부터 60~70년 동안 세계 의약 업계를 좌지우지해 왔으니 그들의 기술 수준이야 더 말할 나위도 없을 것이다.

하지만 꿩 잡는 것이 매라고 어찌 되었든 그룹 '환'이 보여 준 것들의 기술력은 세계의 석학들이 따라올 수조차 없을 정도로 혁신적이고 첨단적인 것 또한 사실이었다.

그룹 '환'의 생명공학 연구소에 대해서 알레르기를 일으키는 자들이 도저히 알지 못한 것은 생체실험의 데이터로 얻은 다국적 제약회사들의 자료들을 '해'와 '달'이 전부 해킹을 해서 '환' 생명공학 연구소 컴퓨터에 몽땅 저장시켜 놓았다는 것이었다.

그렇게 볼 때 '환' 생명공학 연구소야말로 과거와 현재의 대부분의 첨단 기술들은 물론이고 300년 후의 기술까지도 어느 정도 보유하고 있는 역사상 전무후무한 최고의 지적(知的) 보고(寶庫)가 아닐 수 없었다.

아무튼 그룹 '환'의 생명공학 연구소가 최고 가운데 하나라는 것은 인간의 생명력을 고양시킨 '하나로 캡슐' 하나만 가지고도 더 이상 이견이 있을 수 없었다.

그런데 그처럼 그 실체가 거의 알려지지 않고 있던 그룹 '환' 생명공학 연구소에서 기습적으로 내외신 기자들을 모아놓고 기자 회견을 자청했다.

그룹 '환'의 생명공학 연구소 소장이 직접 기자 회견을 열어 발표할 것이 있다고 하는데 기자 회견장에 오지 않을 기자들이 있겠는가?

"이세기 기자, 이번에야말로 '환'의 생명공학 연구

소 실체를 알 수 있겠지?"

"그러게. 나는 말이지. 지금까지 '환' 생명공학 연구소의 실적 발표는 그룹 '환' 의 홍보팀에서 해 왔는데 어째서 이번에는 '환' 생명공학 연구소 자체에서 그것도 생명공학 연구소의 사장이 발표하겠다고 하는지 그게 더 궁금해. 윤상용 기자, 너는 그러지 않냐?"

"사실 나도 그게 궁금하긴 해. 하지만 더 궁금한 것은 이번에 발표할 연구 실적이 얼마나 대단한 것인가 하는 거야. 사실 '하나로 캡슐' 처럼 엄청난 것을 발표할 때도 그룹 자체 홍보팀에서 발표했는데 이번에는 연구소 자체에서 발표한다잖아."

"하긴. 나도 그게 더 궁금하긴 해. 쉬잇, 발표자가 나왔어."

진행자로부터 소개받고 기자 회견장에 연구실적을 발표를 하러 나타난 사람은 뜻밖에도 미스코리아가 울고 갈 정도의 젊고, 늘씬한 미녀였다.

그런데 더욱 놀라운 것은 나타난 미녀가 그룹 CEO인 최강권 회장의 부인인 노경옥 여사라는 점이었다.

여기저기서 당연히 놀랍다는 반응이 터져 나왔다.

그룹 '환'과 척을 짓지 않으려고 보도하지 않았을 노경옥이 최강권의 부인이라는 것을 알 만한 기자들은 대부분 알고 있었기 때문이다.

"앗! 설마……."

"아! 노경옥 여사가 서울대 의대를 나왔지. 역시……."

노경옥 여사는 기자 회견장 여기저기에서 떠드는 소리에도 불구하고 아주 태연하게 발표할 것을 차분하게 발표하고 있었다.

―안녕하십니까? '환' 생명공학 연구소를 책임지고 있는 노경옥이라고 합니다. 기자님들 가운데 상당수는 이미 제가 누구인지 알고 있으신 모양이군요. 그렇습니다. 여러분께서 생각하시고 계신 대로 제가 그룹 '환'의 CEO인 최강권님의 부인 맞습니다.

……중략…….

이번에 우리 '환' 생명공학 연구소에서 엄청난 발명품을 만들었습니다. 우리는 그것을 '포션'이라고 명명했는데 판타지 소설 속에 나오는 포션과 비슷한 효능을 갖고 있습니다. 이를테면 어지간한 내, 외상은

'포션' 한 병이면 감쪽같이 낫는다는 것입니다.

놀라운 일이 아닐 수 없었다.

그룹 '환'이 늘 그래 왔던 것처럼 이번에는 느닷없이 판타지 소설에서나 나올 법한 치료의 명약인 '포션'을 제조했다고 발표하는 것이 아닌가?

그룹 '환' 생명공학 연구소에서 만든 '포션'은 판타지 소설에서처럼 신체의 절단 부분을 외과적인 수술이 없이 깔끔하게 접합을 시킨다거나 창상이나 타박상을 상처가 생기기 전과 같이 말끔하게 없어진다고 했다.

그룹 '환'의 발표가 사실이라면 의학의 엄청난 진보가 아닐 수 없었다.

그룹 '환'에서 이 발표는 우리나라 국민들은 물론이고 전 세계인의 이목을 완전 사로잡았다.

"봉수야, 저기 발표하고 있는 저 여자가 '환' 생명공학 연구소 사장이자 그룹 '환'의 CEO인 최강권 회장의 부인이라잖아. 졸라 예쁘지 않냐?"

"그러게. 텐 프로 애들보다 예쁘기도 예쁘지만 졸라

고상해 보인다. 최강권 저 자식 전생에 나라를 구했나, 돈도 졸라 많고 부인도 엄청 예쁘네."

"쉬잇! 조용해 봐. 포션이라잖아."

"……."

"봉수야, 정말 '환' 생명공학 연구소에서 판타지에서나 나오는 포션을 만들었을까?"

"정식아, 그룹 '환'에서는 여태 거짓말을 한 적이 없었으니 맞는 말이겠지."

"만약 그게 정말이라면 '환' 생명공학 연구소에서는 엄청난 일을 해낸 거야."

사람들은 이런 얘기들을 하며 버스 터미널과 기차역에 마련되어 있는 대형 TV 화면에 집중했다.

대부분의 사람들은 노경옥의 미모에 찬탄을 금치 못했다.

경악한 이들은 시청자들뿐만이 아니었다.

기자 회견장의 기자들마저 자기들이 들었던 것에 대해서 반신반의하고 있었던 것이다.

노경옥 여사의 발표가 끝나고 잠시 후에 정신을 차린 기자들의 질문이 쇄도하기 시작했다.

—저는 문화신문의 정재욱 기자입니다. 사장님, '환' 생명공학 연구소에서 만든 '포션'이 정말로 판타지에서 나오는 것처럼 순식간에 상처를 치료합니까?

—정재욱 기자님, 기자님께서 질문하신 내용은 우리 '환' 생명공학 연구소에서 나누어드린 자료에 나와 있는 내용입니다. 자료를 참조하시면 될 것입니다. 참고로 말씀드리자면 우리 '환' 그룹은 오로지 진실만을 말합니다. 다음 질문을 받겠습니다.

—석간한국경제의 조재기 기자입니다. 노 사장님, 자료에는 창상(創傷)이나 자상(刺傷)에 탁월한 효과가 있는 것으로 되어 있습니다. 그러면 수술로 인한 상처에도 탁월한 효과가 있는 걸로 믿겠습니다. 그런데 화상 부위를 절제한 상처에도 효과가 있습니까? 또한 다른 병에는 효과가 없는 겁니까?

—조재기 기자님, 좋은 질문을 하셨습니다. 진피의 전층과 피하조직의 대부분이 손상을 받은 3도 화상은 경우에 '포션'을 사용하여 72시간 이내에 피부 이식을 하면 90% 이상의 완치율을 보이더군요. 그런데 피하조직의 전층과 피하지방층 아래에 존재하는 부분

의 손상이 있는 4도 화상의 경우에는 '포션'을 사용하여 24시간 이내에 피부이식을 할 때 70% 정도의 완치율을 가질 수 있습니다. 완치율은 환자의 전체적인 몸 상태에 따라서 달라지는 것으로 사료됩니다. 즉, 건강하고 다른 지병이 없는 경우에는 완치 확률이 그만큼 올라가고 그렇지 않은 경우에는 완치 확률이 그만큼 낮아집니다. 하지만 단언할 수 있는 것은 기존의 어떤 화상치료보다 매우 높은 효율을 자랑한다는 것이지요. 문제는 '포션'이 바이러스 환자에 확실한 치료를 담보할 수 없기 때문에 화상으로 인해서 약화되는 감염에 주의하여야 한다는 것입니다. 그리고 바이러스에 의한 병인 경우에는 확실한 효과를 담보할 수 없지만 그 경우에도 환자의 자가 치유력을 높여주기 때문에 치료보조제로의 효과는 기대해도 좋을 것입니다. 여기에서 완치란 화상을 입기 전과 동일하거나 상태가 더 호전된 것을 의미합니다.

화상의 경우 문제가 되는 것은 바이러스의 침입을 막아 주는 피부의 손상으로 인한 바이러스성 합병증과 더불어 피부의 심각한 변형이었다.

사실상 완치가 가장 힘든 병 가운데 하나가 화상인 것이다.

그런데 발표에 따르면 '포션'이 화상의 치료에 탁월한 효과를 보인다지 않는가.

이어지는 기자들의 질문은 집요했고 그만큼 '포션'에 대해 점점 더 많은 것들이 밝혀지게 되었다.

특히 사람들의 이목을 사로잡은 것은 수술 자국이 완전 없어진다는 것이었다.

이것은 개복수술이나 성형수술을 받은 사람들에게 엄청난 복음이 아닐 수 없었다.

또 하나 재미있는 것은 신체 내부의 근육이나 심줄, 연골 등의 재생에도 '포션'의 효과가 탁월하다는 점이었다.

—대한경제신문의 오대기 기자입니다. '포션'의 가격이 등급에 따라서 각각 1,000달러, 100달러, 10달러 이렇게 세 종류가 있다고 하는데 1,000달러인 경우에 너무 비싸지 않습니까?

—오대기 기자님, 기자님의 질문에 답을 하기 전에 먼저 한 가지 질문을 드리겠습니다. 투수들이 토미서

저리를 받은 경우에 정상 복귀하는데 통상적으로 3년
이 걸린다고 합니다. 물론 정상 복귀라고는 하지만 수
술을 받기 전의 구위를 완전 회복을 담보하지는 못합
니다. 그런데 '포션' 몇 병으로 완전히 구위를 회복하
는데 어느 게 더 경제적이겠습니까?

　―아! 그렇군요.

　그랬다. 비교고 자시고 할 것도 없었다.

　운동선수들에게 치명적인 부상인 인대파열이나 연
골마모를 수술 없이도 몇 병의 '포션' 만으로 완치가
가능하다니 얼마나 기적 같은 일인가?

　예를 들어 투수들이 토미서저리 수술을 받으면 정상
복귀까지는 보통 3년 정도의 시일이 소요된다고 하는
데 이게 수술 없이 불과 몇 병의 '포션' 만으로 완치한
다면 선수 개인에게나 팀에나 엄청 도움이 될 것은 당
연하지 않겠는가.

　'포션' 은 프로 운동선수들에게 완전 희망의 메시지
가 아닐 수 없었다.

　전 세계 매스컴들이 '포션' 에 대해서 대서특필을
하자 양산 체제에 1년 정도의 시일이 걸린다고 발표했

음에도 불구하고 그룹 '환'에 '포션' 구입 문의가 쇄
도하기 시작했다.

　구입을 문의하는 사람들은 주로 운동선수들과 화상
환자였지만 성형수술을 하려는 사람들도 의외로 많았
다.

　심지어는 '포션'이 큰 효험이 없다는 말기암 환자
들까지도 혹시나 하는 마음에서 '포션'의 구입에 문
의하고 있었다.

　'포션'으로 인해서 경제적 효과도 극과 극을 오가
고 있었다.

　당장 된서리를 맞은 경우는 의료계였다.

　특히 성형수술을 받으려는 사람들이 전혀 없었다.

　물론 성형수술을 전혀 받지 않으려는 게 아니라 '포
션'이 양산된 다음에 성형수술을 받으려고 미루는 경
우가 태반이었다.

　성형외과는 완전 파리를 날리고 있었지만 그나마
'포션'이 양산되고 난 다음에 성형수술을 받으려는
사람들이 더 늘 수도 있을 것이라는 기대라도 있었지
만 토미서저리 수술을 전문으로 하는 병원은 그나마
완전 폐업을 고려해야 했다.

경제학자들 가운데는 '포션' 시장을 매년 1,000억 달러 이상일 거라고 단언하는 자들도 있었다.

'포션'은 완전 독점이기 때문에 '포션'으로 인한 혜택은 오로지 그룹 '환'에 귀속이 된다는데 의의가 있었다.

그룹 '환'이 만든 '포션'이 전 세계를 들끓게 만들고 있었지만 최강권은 다른 일로 흥분하고 있었다.

최강권의 고조선 시대에 살았던 전생의 기억에는 북으로는 바이칼 호수에, 서쪽으로는 신강에, 남쪽으로는 태산 근처에, 동쪽으로는 이어도에 각각 사서(史書)를 소장한 서고가 있었다.

아마 바이칼 호수와 이어도에 있는 서고는 수중 깊은 곳에 있을 것이고, 신강에 있는 서고는 그 위치도 제대로 알지 못했으니 만만한 곳은 태산 인근에 있는 서고였다.

최강권은 재작년에 천살성인 송시후에게 고조선의 사서가 남아 있을 것으로 생각되는 네 곳의 서고를 찾으러 보냈다.

　물론 그 이유는 짱개들의 동북아공정을 반박할 근거를 마련하기 위한 것이었다.

　그런데 송시후에게서 고조선의 서고로 추정되는 곳을 찾았다는 연락이 왔던 것이다.

　사실 서고, 즉 사서를 발견함으로 얻는 이득에는 몇 가지가 있었다.

　우선 사서를 소장하고 있다 함은 곧 고조선 시대에 이미 우리 문자가 있다는 것을 내포한다고 보아야 한다.

　문자가 없으면 사서가 남길 수 있는 여지가 없기 때문이다.

　두 번째로 사서를 소장한 서고가 있다 함은 바이칼 호수나 신강 지역, 그리고 산동성 태산과 제주도 남쪽에 있는 이어도가 적어도 그 당시에 고조선의 영역 가운데서도 안전한 지대라는 걸 의미한다.

　자국의 귀중한 역사서를 소장하는 서고를 만드는데 굳이 외적들의 침입이 빈번한 지역을 선택할 이유가 없기 때문이다.

세 번째로 들 수 있는 것은 사서를 쓴다는 것 그 자체가 고조선 사회가 자주국가라는 의식이 뚜렷했다는 것을 나타내 준다.

최강권은 만약 서고를 발견하지 못하면 인류 최초(BC 7,000년 경)의 문명인 이른바 **요하문명(遼河文明)의 주역이 배달겨레라는 것을 밝힘으로써 중국의 역사 왜곡의 부당함을 증명하려 했다.

최강권은 즉시 보라매로 스텔스를 가동하여 송시후가 있는 산동성 태산으로 날아갔다.

고조선 시대에 만들어진 서고는 태산의 어느 이름 모를 골짜기에 있었다.

지금까지 발견되지 않았던 데에는 진법에 의해서 결계를 형성해 놓았기 때문이었다.

고조선의 서고에서 발견된 주요한 책에는 삼신오제본기(三神五帝本紀), 환국본기(桓國本紀) 등이 있고, '천부경(天符經)'과 '삼일신고(三一神誥)'의 원본이 적혀 있는 소도경전본훈(蘇塗經典本訓) 등이 있었다.

*생명공학과 생체공학의 차이

생명공학은 사람이나 동식물과 같은 생물이 가지고 있는 고유한 유전 기능을 여러 가지 산업에 응용하는 기술로 유전자를 재조합하거나 세포 융합 기술 따위로 인간의 수명 연장, 불치병의 치료 등의 의의가 있는 학문인데 비해서 생체공학은 공학의 이론과 새로운 기술을 적극적으로 응용하여 생체의 구조와 기능을 해명하고 그 성과를 활용하려는 학문 분야로 의공학(醫工學)으로 분류할 수 있다.

특히 생체공학은 크게 생체의 현상을 기계의 원리와 비교하여 연구하고 설명하는 사이버네틱스와 생체계의 지식을 공학계에 활용하고자 하는 바이오닉스(bionics)로 나눌 수 있다. 그런데 바이오닉스의 연구 범위는 최근 더욱 넓어져서 인공심장을 비롯한 각종 인공장기(人工臟器)의 제작, 색각(色覺), 청각, 신경회로망, 시냅스, 패턴 인식, 혈액순환 등 여러 방면에 걸쳐 있다.

** 요하문명(遼河文明)

1. 개요

홍산문화는 1908년 일본의 인류학자 도리이 류조(鳥居龍藏)에 의해 처음 발견되었으며 연대는 기원전 4700년 ~ 기원전 2900년경으로 지금까지 츠펑(赤峰, 발견 당시엔 열하성), 링위안(凌源), 젠핑(建平), 차오양(朝陽) 등 500여 곳의 유적을 찾아냈다.

발견 지역은 옌산 산맥의 북쪽 랴오허 지류의 서 랴오허 상류 부근에 널리 퍼져 있다.

중국에 의해 1980년대부터 본격적인 발굴이 이루어지면서 이른바 싱룽와 문화(홍륭와문화(興隆窪文化), 홍산 문화(紅山文化), 자오바오거우 문화(趙寶溝文化), 신러문화(新樂遺跡) 등의 요하 일대의 신석기문화를 문화의 단계를 넘어서 세계의 새로운 문명으로 보아 '요하문명'(遼河文明)으로 명명(命名)하여 부르고 있다.

2. 요하문명의 형성시기로 본 주요 유적
1) 기원전 8000년 ~ 기원전 7000년 : 신석기시대 신낙문화(新樂文化)

주요유적(모계씨족의 정주 취락) 요령성(遼寧省) 심양시(瀋陽市) 북부 지역

2) 기원전 7000년 ~ 기원전 6500년 : 신석기시대 소하서 문화유적(小河西文化) 내몽골 적봉시(赤峰市) 오한기(敖漢旗) 지역

3) 기원전 6200년 ~ 기원전 5200년 : 신석기시대 흥륭와 문화유적(興隆洼 文化) 내몽골 적봉시 오한기 지역

3) 기원전 6000년 ~ 기원전 5200년 : 신석기시대 사해문화유적(査海文化) 내몽골 접경 사해 유역

4) 기원전 5200년 ~ 기원전 5000년 : 신석기시대 부하문화유적(富河 文化) 내몽골 적봉시 오한기 부하 유역

5) 기원전 5000년 ~ 기원전 4400년 : 신석기시대 조보구문화유적(趙溝溝文化) 내몽골 난하 계곡과 허베이 성 북부

6) 기원전 4500년 ~ 기원전 3000년 : 신석기시대 홍산문화유적(紅山文化) 내몽골 요동 하북 지방

7) 기원전 3000년 ~ 기원전 2000년 : 동석병용시대(銅石併用時代) 소하연문화유적(小河沿 文化) 내몽골 적봉시 오한기 소하연 유역

8) 기원전 2000년 ~ 기원전 1500년 : 초기 청동기시대 하가점하층문화유적(夏家店 下層文化) 내몽골 적봉시 오한기 맹극하(孟克河) 유역

3. 생활상

홍산문화에서는 농업이 주를 이루며, 가축을 사육한 축산도 발달하고 있어 돼지나 양이 길러졌다. 한편에서는 수렵이나 채집 등으로 야생 동물을 사냥하거나 야생초를 채집하기도 했다.

4. 유적 유물

1) 농업을 주로 한 문화로 용등을 본떠 만든 비취 등의 구슬과 타제석기, 마제석기, 세석기로 만든 돌보습(石耟), 돌쟁기(石犁), 돌호미(石鋤) 등의 다양한 종류 농기구.

2) 진흙으로 만들어 붓으로 그림 그린 취사나 식사 등에 사용되는 채도(채문 토기)와 문양이 새겨진 음식물을 담는 것으로 보이는 협사회도가 있으며 임산부를 본뜬 흉상이 각지에서 출토되고

있다. 또 홍산 문화에서는 양사오 문화와 같은 채도 문화는 발달하지 않았지만, 룽산 문화의 흑도와 같은 세련된 조형미를 가진다.

3) 후기 유적에서는 청동으로 만든 환도도 발견되고 있다.

4) 홍산문화의 분묘에서는 비취 등의 석재로 동물 등의 형태로 조각한 장식품이 많이 출토되었다. 돼지, 호랑이, 새 외에도 용을 새긴 것도 발견되고 있다. 높은 공예의 수준이 홍산 문화의 큰 특징이 되고 있다.

저룡(猪龍) 또는 옥저룡(玉猪龍)이나 옥웅룡(玉熊龍) 등으로 불리는 홍산 문화의 옥용(용을 조각한 구슬)의 조형은 단순하며, 용이 원형으로 된 것이 많지만, 후기로 가면서 반용(盤龍), 문용(紋龍) 등의 구별이 분명해진다.

5) 홍산문화에서 적석총(돌무지무덤)이 발견되는 것을 근거로 하여, 홍산문화가 적석총이 다수 발견되는 고조선, 고구려, 백제, 신라 등의 한민족(韓民族, 또는 동이족)문화의 연원이라는 견해가 나오고 있다.

5. 뉘우허량 유적(牛河梁遺跡)

뉘우허량유적(牛河梁遺跡)에서는 기존의 홍산 문화와 다른 거대한 제사 시설(제사를 지냈던 장소나 제단, 벽화, 돌무덤 등)이 발견되었다.

유적은 5㎢의 넓은 범위에 돌을 쌓아 만들어진 분묘나 제단이 정연하게 분포하고 있다.

또한 돌 마루와 채색한 벽이 있던 신전이 발견되었고, 눈을 비취로 만든 여성두상 도기가 발견되어 여신묘라고 불리게 되었다. 여신묘 안에는 사람 세 배 크기의 도제의 상이 줄지어 있었다. 이 상은 신상으로 추측되며, 현재 중국 문화에서는 유례없는 것이다.

이런 기념비적인 건축물의 존재나 또 여러 가지 토지와 교역의 증거로 인해 이 시기에 선사시대의 수장국인 왕국이 있었다고 추측된다.

여신묘에서는 채도도 발견되었고, 부근에서 60개 이상의 고분도 발굴되었으며, 이것들은 돌을 짜서 석실을 만들고 그 위에 조약돌을 씌워 무덤을 만들었다.

이러한 고분 중에서는 곰이나 용, 거북이의 조각이 발견되었는데 이러한 유물로 홍산 문화에서는 이미 제물을 바쳤다는 지적이 있다.

양사오 문화 초기 유적에서 발견된 유물에서 알 수 있듯이 홍산 문화의 유적에서도 초기의 풍수의 증거로 여겨지는 것이 발견되고 있다.

뉴우허량 유적 등 홍산 문화의 제사 유적에 볼 수 있는 원형이나 방형(사각형)은 천단의 우주관이 벌써 존재하고 있었던 것을 시사하고 있다.

여신묘에서 다량의 옥기가 부장품으로 출토되었고 옥을 자를 때 쓴 도구까지 발견되었다.

홍산문화 유적에서 발견되는 정교한 옥기 하나를 완성하려면 엄청난 인력과 시간이 필요했을 것을 짐작케 하는데 이것으로 신분이 분화되었다는 주장이 나오고 있다.

그 근거로는 옥기를 만드는 장인 집단이 따로 존재했었고, 신분이 분화되었다는 것을 의미해 묘장마다 크기가 다르고, 매장 방식이 다른 것도 신분 분화의 증거로 들고 있다.

여신묘와 한 변이 20~30미터짜리 3층 피라미드식 적석총, 가장 큰 60미터짜리 7층 피라미드식 적석총을 쌓으려면 엄청나게 많은 인원을 필요하므로 홍산문화 후기 단계를 초기 국가 단계, 초기 문명 단계라고 보고 있다.

기존의 역사학의 시각에서 보면 국가 단계에 진입한다는 가장 유력한 증거는 문자와 청동기였는데 홍산문화 시대에 문자와 청동기가 없는데도 불구하고 초기 국가 단계라고 주장하는 것은 여러 형태로 있는 다량의 옥기가 발견됐기 때문이다.

이 뉴우허량 유적의 발견 이후 청동기가 없어도 국가의 형성이 가능하다는 것을 보여줘 '옥기시대'라는 새로운 개념을 만들었다. 이것은 뉴우허량 유적으로 대표되는 흥륭와문화(홍산문화)의 가장 큰 특징으로 평가되고 있다.

이런 가운데 흥륭와문화(홍산문화)와 같은 모양의 옥결이 대한민국의 강원도 고성군 죽왕면 문암리유적에서 나왔다. 기원전 6천 년까지 올라간다고 보고 있는 유적이다.

2007년에 전라남도 여수시에서도 비슷한 옥 귀걸이가 인골과 함께 발굴되었다.

이것의 모양은 흥륭와문화에서 나온 옥 귀걸이와 똑같다.

강원도 고성군 죽왕면 문암리 문암리유적에서 나온 옥 귀걸이도 기원전 6,000년 이상으로 연대를 추정하고 있다. 흥륭와에서 나온 옥 귀걸이와 비슷한 연대.

흥륭와유적에서 발견된 옥의 성분은 요녕성 수암인데, 수암에서 조금만 더 가면 압록강이고 두만강 쪽으로 동해를 타고 내려오면 문암리로 연결된다.

그런데 흥륭와 일대에서 발견되는 빗살무늬토기도 문암리 유적에서 똑같이 나온다.

이것은 기원전 6천 년경에 흥륭와문화 단계에서는 한반도 북부지역과 요서, 요동 지역이 하나의 단일 문화권이었다는 증거로 볼 수 있다.

홍산문화의 가장 놀라운 유물은 흥륭와에서 발견된 치아 수술 흔적이다.

(두개골이 그대로 나왔고, 치아에 뚫린 구멍의 직경이 모두 같고 도구를 이용한 연마흔적도 발견되었다. 현미경 사진을 찍어봤더니 나선형 연마흔적을 발견했고 이것은 인공적인 도구를 사용하

여 구멍을 뚫은 것임을 입증하는 것이다. 충치 때문에 생긴 것이 아니라 인공적으로 뚫은 것이다. 그래서 정확한 수술 흔적이라고 보는 증거다.)

두개골 수술은 유럽에서 기원전 5천 년으로 추정되는 유물이 발굴되었고, 중국에서도 기원전 2,500년 두개골 수술 흔적이 발견되었지만 이렇게 이른 시기에 치아 수술 흔적이 발견된 것은 홍류와 유적지가 유일하다. (이상 출처 위키백과)

결론적으로 보면

(1) 요하문명은 배달족인 우리민족의 선조들이 BC. 7,000년 경에 이룩한 문명이다.
(인류 최초의 문명으로 추정)

주로 발견되는 지역은 내몽골 동남부, 요녕성 서부, 하북성 북부, 길림성 서부 등지이며 이 곳들은 고구려 때까지만 해도 배달 겨레의 터전이었다.

이 요하문명은 최초의 발견지인 적봉시 홍산(紅山)의 지명을 따서 홍산문명이라고도 하는데 중국은 이 홍산 유적지를 발견하고 인류 최초니 어쩌니 하다가 슬그머니 입을 다물었다. 이것은 요하문명의 주역이 우리 민족일 가능성이 매우 크기 때문이었다.

요하문명의 주역이 우리민족인 배달족일 가능성이 큰 것은 유적지나 유물에서 발견되는 특징에서 엿볼 수 있다.

(2) 요하문명의 주역이 우리 민족일 가능성이 큰 단서들.
1) 고대 문명을 구분하는 가장 큰 특징 가운데 하나인 무덤 양식이 우리민족의 고유한 적석총이다.(중국의 무덤 양식은 토광묘임)
2) 무덤에서 발굴된 인골의 DNA의 변이가 현대 한민족과 일

본인들의 것과 매우 유사하다는 것이다.

3) 유물들 가운데 우리 민족을 상징하는 곰 토템의 여인상(웅녀상)이 존재한다.

4) 문명의 주요한 장소들이 대부분 중국인들이 오랑캐라고 칭하는 지역이다.

5) 유물 가운데 옥 귀걸이는 강원도 고성에서 발견되는 것과 동일한 형태를 띤다.

6) 요하문명에서 발견된 빗살무늬토기 양식을 중국 유적지에서는 찾아볼 수 없고, 한민족 고유의 방식이다. 등등.

제9장
우주 강국이 되자

'내가 이계로 가면 어떻게 되지?'

강권은 자기가 이계로 넘어가면 미래가 어떻게 될지 사뭇 염려가 되었다.

강권은 전생에 관상감 정첨으로 있을 때부터 미래를 볼 수 있는 예지력이 있었고, 또한 9클래스 반열에 올랐기에 미래를 보는 혜안이 생겼다.

강권이 보는 우리나라의 미래는 약간의 고비는 있지만 앞으로 세계의 선도국(先導國)이 될 수 있을 정도로 밝다고 할 수 있었다.

그렇지만 문제는 우리나라의 운이 완전 개운이 되지

않았다는 것이다.

게다가 쪽바리들이 우리나라의 지맥에 박아 놓은 쇠말뚝으로 인해서 우리나라의 운을 제대로 찾아먹지 못할 수도 있다는 것이 적지 않게 염려가 되었다.

'쪽바리들의 운은 이미 꺾였기에 신경을 쓸 필요가 없지만 미국 놈들이나 중국 놈들이 헛생각을 갖지 못하도록 좀 더 핫한 것을 보여야 하려나?'

사실 그룹 '환'만 잘 이용한다면 미국이나 중국 등은 전혀 문제가 되지 않겠지만 그들의 첩보 능력이나 기반 기술은 우리나라가 따르지 못하기 때문에 까딱 잘못하면 강권이 만들어 놓은 밥상을 엎어 먹기 십상이었다.

그렇게 되지 않기 위해서는 그런 생각을 아예 엄두조차 내지 못하도록 기가 질리게 만들 필요가 있을 것 같았다.

'어떻게 하나?'

강권은 고민 끝에 중국 놈들이 늘 써먹는 우기기 작전으로 가야 한다고 결론을 내렸다.

우선 중국 놈들에겐 그들의 정신적 지주가 되는 중화의식(中華意識)을 없애는 방향으로 나가야 할 것이다.

그러려면 자기들이 뭐든지 우선이고, 최고였다는 것이 조작된 것이었다는 걸 보이는 것이 최선의 방책이 될 수 있다.

사실 고구려 때까지만 해도 만리장성 이북은 고구려의 아성이나 마찬가지였다.

그들의 사서에서도 장성 이북은 오랑캐라는 걸 적시하는 게 많다.

또한 양자강 이남 역시 중국 역사에 편입이 된 것은 송이 원에 쫓겨서 남쪽으로 내려가고부터 아니었던가?

장구한 역사를 보면 중국 애들은 순간 땅 부자가 된 졸부에 불과할 뿐인 것이다.

두 번째 미국은 확실한 기술의 우위를 보임으로써 기를 확 죽여야 한다.

강권은 가장 첨단 분야인 우주 항공 분야에서 미국의 코를 납작하게 만들 필요가 있다고 생각했다.

강권이 생각하기에 약간 무리를 하면 워프 항법까지는 아니더라도 달까지 10시간 안에 갈 수 있는 정도의 우주선을 만들 수 있을 것 같았다.

거기에 약간 더 무리를 하면 항공모함으로도 쓸 수 있고, 잠수함으로도 쓸 수 있으며 우주선으로도 쓸 수 있는 우주 항공모함을 만들 수 있을 것이다.

'좋아! 한 번 해 보자고.'

우선 강권은 중국의 기를 죽이기 위한 공작의 일환으로 송시후가 산동성의 태산에서 발견해낸 고조선 시대의 서고를 최대한 활용하기로 했다. 물론 정확히 말한다면 이곳에 있는 서고는 고조선 시대의 서고가 아니라 고조선보다 훨씬 더 빠른 *한국(桓國) 시대에 지어진 서고였다. 이 서고를 환웅(桓雄) 시대를 거쳐 고조선이 이어받아 관리하였던 것이다. 강권은 허허실실 전략을 가미해서 이 서고(書庫)를 홀로그램 형식으로 찍어 유투브에 올렸다. 여기에서 허허실실이라는 것은 슬쩍 변죽만 울리는 전략이었다. 사실 중국 화교들의 대부분은 백제의 후예와 우리민족의 한 갈레인 **묘족(苗族)이 그 태반이다. 이들 화교들이 머잖아 본래 핏

줄을 찾기까지 징검다리만 되면 그뿐인 것이다. 더 깊게 들어가면 오히려 역효과가 커서 딱 변죽만 울리는 게 안성맞춤인 것이다.

심산유곡의 절경이 뜨자 처음에 다녀간 사람들은 대부분 앞부분만 보고서 엄청 살고 싶은 곳이라는 댓글만 남기고 나갔다.

무려 30분짜리를 다 볼 만큼 한가하고 마음의 여유가 있는 사람이 없기 때문일 것이다.

그런데 영상을 다 본 사람들에 의해서 세계 최초의 도서관이니, BC. 4012년에 만들어졌다느니 하는 말에 논란이 일기 시작하였다.

BC. 4012년이면 지금으로부터 무려 6,012년이었기 때문이다.

Mcgg 3399 : 이건 완전 개구라야. BC. 3,400년경 메소포타미아 지방에 있는 수메르에서 최초의 문자인 쐐기문자가 만들어졌다고 해. 그런데 상식적으로 생각을 해 봐도 어떻게 최초의 문자가 만들어지기 전에 도서관이 만들어질 수 있겠어?

SMSM 4488 : Mcgg 3399님의 말이 틀리다는 건 아니지만 동영상의 내용도 완전 잘못된 거라고는 생각지 않아. 세계 최초의 문자가 쐐기문자가 아니라면 말이 될 수도 있지 않겠어? 사실 5,000년 이전의 세계가 어땠는지 어떻게 단언할 수 있겠어? 또한 동영상에서 말하는 것처럼 최초의 문자는 상형문자나 설형문자가 아니라 인간의 입에서 나는 소리를 표현하는 표음문자였다는 것도 논리적으로 음미해 볼 만한 구석이 있는 것 같아. 물론 고대의 수메르인들은 표의문자를 사용하는 외에 표의문자를 차용한 음절문자를 사용했다고 하는데 어느 것이 맞는지 단언하지는 못하겠어.

Hoch 9977 : 니들은 뭐야? 동영상에서 다음 편을 기대하라고 했는데 다음 편도 나오지 않았는데 니들이 뭐가 그렇게 잘났다고 잘난 척하고 있니? 학교 다닐 때 그렇듯이 공부도 못하는 것들이 시험보기 전에는 지 잘난 척 엄청 떠들다가 막상 시험 성적이 발표가 되면 코가 석 자나 빠져서 고개 처박고 아픈 척하지.

너들도 참 팔뚝 굵은 녀석들이야. 너들 팔뚝 유지하려면 엄청 먹어 줘야 될 거다. 이 돼지들아!

그런데 유투브에 두 번째로 올라 온 동영상에서 인류 최초의 나라는 이계인(異界人)이 지구로 와서 만든 한국(桓國)이고 그들이 사용한 문자는 판타지에서나 나오는 일종의 마법 언어인 룬문자였다는 말에 네티즌들은 완전 뒤집어졌다.

Sosl 7878 : 룬문자의 흔적이 고조선에서 만들어졌다는 가림토 문자이며 가림토 문자의 후계라 볼 수 있는 한글에서 모든 의지를 나타내는 룬문자를 유추해 볼 수 있다고 했는데 그게 말이 된다고 생각해? 그리고 화수분이 실은 무한배낭인 인피니트백을 가리킨다니 콧구멍이 둘이 아니면 숨이 막혔을 겨.

Cuch 4422 : 텔레포트 마법진의 일종인 포탈이 있어서 수면 아래 1,600여m에 있는 곳으로 자유롭게 이동했다는데 맨 처음 물 아래 1,600여m 되는 곳에 갈 생각을 왜 하게 되었대? 조금은 이상하지만 그러면서도 믿고 싶은 건 무슨 일일까?

KKGB 3048 : 그런데 마법이 있었다면 왜 전해지지 않은 걸까? 그리고 한국(桓國)이 실재했고, 7명의 제황(帝皇)이 3,301년이나 다스렸다고 한다면 한 명이 최소한 480년 가까이 다스렸다는 말이 되는데 그럼 그 양반들은 도대체 얼마나 살았던 거야?

그럼 그 당시의 평균 수명은 그렇게 높았는데 지금은 왜 겨우 100년도 살지 못하는 거지? 마법이 전해지지 않아서라는 말은 안 했으면 해.

PHCB 2035 : 판타지에서 나오는 엘프들의 결계처럼 그런 결계를 만들어서 무려 6,000년이 넘을 동안 사람들 눈에 띄지 않았다는 뻥을 어떻게 믿을 수 있겠냐? 너라면 믿을 수 있을 거 같아?

이렇게 부정적인 댓글들이 많이 올라왔는데 간혹 이집트의 피라미드나 마야문명에서 비행기 비슷한 그림들이 발견되고 있는 점을 들어 어쩌면 사실일지도 모를 거라는 네티즌들도 있었다.

세 번째 유튜브 동영상이 올라오면서 부정적인 댓글 보다는 경악한다는 댓글이 대부분이었다.

세 번째 동영상에서 보여 준 것은 무한배낭과 같은 공간 확장 마법진을 보여 주고 있었기 때문이었다. 그 증거로 들고 있는 것이 그룹 '환'에서 만든 비행선 '백룡호'나 '보라매'이고 이것들이 공간 확장 마법진 이 적용된 전형적인 실례라는 것이었다.

'백룡호'가 KM 엔터테인먼트 소속사 연예인들을 전부 태우고 전 세계 투어를 하는 걸 보여 주면서 백 룡호의 외형적인 크기보다 내부 공간이 엄청 넓다는 점을 강조했다.

그리고 투어 기간 동안 전적으로 백룡호에서 생활하 면서 이 조그만 비행선에서 어떻게 150여 명의 인원 들이 매일 먹고, 마시고, 샤워를 할 수 있는지 의문난 다고 사차원 애들이 말하는 게 동영상의 마지막 장면 이었다.

MNCY 4405 : 헐! 대박. 그럼 정말로 마법이 있다 는 건가?

NNCS 1908 : 나도 '뮤즈 걸스' 펜 까페에서 뮤즈들이 사차원 애들이 말한 것과 비슷하게 말하는 걸 본 적이 있는 것 같아. 특히 참치와 꽃등심을 엄청 먹는데도 계속 나올 수 있다는 걸 이상하게 생각했다고 그러더라고. 그리고 새로 공수해 오는 것 같지는 않은데 참치와 한우 꽃등심이 항상 신선한 상태였었다고 한 것 같았어.

HYIG 7745 : 그러고 보니 그룹 '환'을 만든 최강권 회장도 좀 이상한 것 같아. 그 양반이야말로 세계 최고의 싱어송라이터이자 세계 최고의 파이터이며 거기에 다 인류 역사상 최고의 발명가이기도 하잖아?

SGYS 2405 : 나는 HYIG 7745님의 의견에 좀 더 가미해야겠어. 그룹 '환'에서 만든 '하나로 캡슐'에서 나는 문득 판타지에서 나오는 영원히 살 수 있게 만들어 준다는 약인 엘릭서가 떠올랐어. 게다가 '신문이'라는 마법 생물인 호문클루스는 또 어떻지? 그리고 이번에는 판타지 아니면 도저히 생각할 수조차 없는 '포션'까지 만들어 냈잖아. 정말이지 마법이 아니고는 설명이 되지 않는 것 같아.

JMIY 47390 : 그룹 '환'에서 만들어 내는 것은 정말이지 뭔가 특별한 것이 있는 것 같아. 예전에 중국의 항모전단을 순식간에 사라지게 만든 적이 있었지? 지금 생각해 보니까 아마 그것도 판타지에서 나오는 9클래스 마법이 아니냐는 생각이 들어. 그러고 보니 얼마 전에 미국의 퇴역 중순항함인 볼티모어호가 노퍼크 항에서 스르르 사라져 버린 것도 아마 마법으로 없애 버린 것이 아니냐는 생각이 드는 건 나 혼자만의 생각일까?

유투브로 올라온 동영상은 이 세 편이 전부였다.
네티즌들이 궁금해서 엄청 떠들었지만 강권은 아무런 반응도 하지 않았다.
심지어 인터넷에서 네티즌들이 떠들고 있는 것에 대해 그룹 '환'에서조차 가타부타 말도 없이 일체 함구하도록 지시했다.

그룹 '환'에서 아무런 대응도 하지 않는 것을 네티즌들은 긍정이라고 해석을 했지만 여기에 대해서도 역시 일체 함구할 따름이었다.

모든 일에 되도록 적극적인 게 좋지만 때로는 동양화의 여백처럼 여운을 남기는 게 더 큰 효과를 볼 수도 있었기 때문이다.

이처럼 꽁꽁 숨겨야 할 마법에 대해 자진해서 슬쩍흘리고 있는 것은 명학(冥鶴)을 처벌하기 위해서 이계로 가야 하기 때문이었다.

물론 강권이 이계로 가서 오지 않거나 영영 되돌아올 수 없다는 것은 아니었다.

그렇지만 만의 하나 되돌아오지 못할 경우를 완전배제할 수는 없었다.

물론 명학에게 진다는 생각은 들지 않았지만 명학을반드시 이기리라는 확신도 없었다.

사실 강권이 소드 마스터급의 무공과 9클래스의 마법 실력을 가지고 있지만 어떤 면에서 보면 명학이 오히려 무공 쪽 특히 사공(邪功)이나 마공(魔功)에 대해서는 강권보다 더 정통하다고 할 수 있었다.

거기에 명학에게는 수천 년 동안 여러 사람들의 몸

으로 옮겨 다니면서 이계를 장악하고자 포석을 깔아 둔 것까지 있었기 때문에 명학을 상대하려면 이계 전체를 상대로 싸워야 할 경우도 배제할 수 없었기 때문이다.

결국 강권은 자기가 이계에 가서 돌아오지 못하더라도 우리나라나 그룹 '환'에 아무 불미스런 일이 일어나지 않도록 이처럼 작정하고 흘렸던 것이다.

그렇다고 하더라도 마법에 대한 것은 노경옥 외에는 알고 있는 사람이 없어서 미국 등 강대국들이 마법에 대한 사실 여부를 캐내려고 하더라도 정작 알아낼 수 있는 것은 하나도 없을 것이다.

또한 이런 것 자체만으로도 충분히 억지력을 발휘할 수 있다는 생각도 없지 않아 있었다.

최강권의 또 하나의 안배는 바로 적어도 2~3C는 빠른 우주 항모를 만드는 것이었다.

미국에 대해서 ***한미 미사일 협정 같은 것 따위로 약점을 잡힌 것도 있어서 이것을 폐기시키자는 측

면도 있었다.

물론 이따위 거지발싸개 같은 것에 얽매일 만큼 지금 우리나라의 위상이 떨어지는 것은 아니었다.

사실 강권이 이계로 갈 필요가 없다면 까짓 미국이야 어쩌든 상관이 없지만 이계로 갈 시간이 임박한 것 같은 불길한 예감이 자꾸 들고 있기 때문에 장거리 미사일을 당당하게 보유하게 만들어 두자는 의도도 있었다.

물론 장거리 미사일이야 보라매로 공습을 하면 되니 굳이 필요도 없지만 그래도 보유하고 있는 것과 없는 것은 천지차이였다.

또 강권이 만들어 둘 우주 항공모함은 대략 6,000여 년 후에 겪게 될 지구 위기에 대한 대비책의 프로토타입쯤 되는 거라고 할 수 있는 것이었다.

이 우주항모는 겉으로 보기에는 중소형 항공모함 정도의 크기지만 그 내부는 적어도 5~10만 명의 인구가 자급자족할 수 있을 정도로 넓게 만들 작정이었다.

그렇게 만들려면 대놓고 공간 확장 마법진으로 도배를 해야 했다.

그런데 마법진에 들어가야 할 마나석과 미스릴은 구할 수 없기 때문에 강권은 '해'와 '달'과 인공 마나석을 만들고 미스릴 대용으로 대량의 은과 백금을 구해야 했다.

그리고 백룡호나 보라매처럼 질소로 연료를 쓰는 것보다는 우주에서 가장 많아 어디에서건 쉽게 구할 수 있는 원소인 수소로 가동할 수 있는 엔진을 만들어야 할 것 같았다.

우주를 구성하고 있는 원소의 75%가 수소이기 때문에 수소로 움직이는 엔진을 만든다면 연료가 없어서 움직이지 못하는 불미스런 사태는 생기지 않을 것이기 때문이었다.

게다가 수소는 유사시에는 강력한 무기로 바꿀 수도 있었다.

아무튼 강권은 이 우주 항공모함에 그룹 '환'의 기술력을 모두 집약시켰다.

문제는 이 우주 항공모함을 만드는 데는 강권과 '해'와 '달'의 힘만으로 해야 한다는 제약이었다.

강권은 고심 끝에 슈퍼컴퓨터 급은 아니더라도 업그레이드형 호문클루스보다 더 정교한 호문클루스를 만들어야 했다.

이게 좋은 점은 호문클루스들은 우주 항공모함의 가용인원이 될 수 있다는 것이었다.

또한 이 호문클루스들은 굳이 따로 보안책을 마련하지 않아도 된다는 점에서 좋았다.

이 우주 항공모함의 함장은 노경옥이고 노경옥의 다음 대의 함장은 최강권과 노경옥의 피를 이은 자여야만 가능하도록 만들었다.

무려 2년여의 시간 동안 고생한 끝에 강권은 치우천황함을 만들 수 있다.

치우천황함은 겉으로 보기에는 그저 길이 258.6m, 폭 32.5m, 흘수선 8.45m의 중형급 항공모함처럼 보였다.

그렇지만 해저 10km 이상의 심해도 잠수가 가능하도록 만들어졌을 뿐만 아니라 유사시에는 땅속도 뚫고 들어갈 수 있게 만들어졌다.

우주 항공모함으로 설계를 했으니 하늘을 비행할 수 있음은 물론이었다.

대기권 안에서의 속도는 초속 10km 정도까지 낼

수 있었다. 이것은 달까지 10시간 정도면 도착할 수
있는 속도였다.

"이봐! 강권이 2년 동안 꼼짝도 않고 있더니 항공
모함을 만들려고 그런 것이었던가?"

치우천황함의 취역식을 하는 날 서원명 대통령이 강
권에게 하는 말이었다.

외부에서는 그저 항공모함 정도로만 알고 있었지만
강권은 오늘 당당히 우주로 날아오르려고 작정을 했
다.

"하하, 이보게! 정암이, 이제 우리도 우리 스스로의
힘으로 월석(月石)을 가져와야 하지 않겠는가? 사실
저 치우천황함은 단순히 항공모함이 아니라네. 우주로
나가고 들어올 수 있도록 만들어진 우주항공모함일세.
시속 36,000km 정도의 속력을 가지고 있으니 달은
대략 10시간 정도면 갈 수 있고, 화성까지는 60일에
서 120일 내외 걸릴 것이네."

"뭐라고? 자네 지금 하고 있는 말이 정말이란 말인가? 시속 36,000km라니!"

"하하하하, 내가 뭐하려고 자네에게 쓸데없이 농담이나 한단 말인가? 초속으로 따지면 대략 10km 정도 나올 걸세. 이것을 바꿔 말하면 마하 30 정도의 속도라고 보면 될 것이네."

"허허, 자네는 정말이지 이따금씩 대형사고만 치는구먼. 만약 자네가 우리나라 사람이 아니라 중국이나 일본인이었다면 정말이지 나는 살고 싶지 않았을 것이네."

"하하, 역시 자넬세. 사실 오늘 대형 사고를 치려고 했었거든."

"아니 대형 사고라니? 어떤 대형 사고란 말인가?"

"하하, 오늘 사실은 지금 당장 달에 갔다 오려고 한다네. 내 와이프를 태우고 가는 것은 실은 신혼여행을 겸해서 달구경을 시켜 주기 위해서라네."

"뭐야? 이 친구 하고는 나는 정말 대형 사고를 칠까 가슴을 졸였잖아."

"하하하하!"

서원명 대통령은 유쾌하게 웃고 있는 강권의 얼굴을

물끄러미 쳐다보더니 자기 속내를 말했다.

"휴우, 이보게! 강권이, 그나저나 내가 요즘 자네를 보면서 무슨 생각을 하게 되는 줄 아는가?"

"그래? 무슨 생각을 하게 되는가?"

"요새의 자네를 보고 있노라면 마치 죽음을 앞두고 주변을 정리하고 있는 사람 같다는 생각이 드네. 쩝, 이거 도대체 내가 무슨 말을 하는지 원, 지금 한 말은 없던 말로 하고 잊어버리게."

"이미 뱉어 낸 말을 어찌 없던 말로 돌릴 수 있겠는가? 미안하지만 속이 좁은 나는 뒤끝이 장난이 아니어서 가슴에 꼭 담아 두어야겠네. 하하하!"

친구에게 속내를 들켜 버린 최강권은 내심 뜨끔했지만 어색한 웃음으로 그걸 감추었다.

서원명 대통령과 강권을 태운 무개차가 도크에 도착하자 국군의장대의 사열음악이 우렁차게 울려 퍼졌다.

서원명 대통령은 마련된 단상에 올라 간단하게 치사를 하고 대한민국에서 최초, 아니, 세계 최초로 만들어진 우주항공모함에 올랐다.

서원명 대통령이 보기에는 우주항공모함치고는 별

로 큰 것 같지도 않아 내심 불만이 없지 않았지만 그냥 항공모함도 아니고 우주항공모함 아닌가 하는 생각이 들자 미소가 절로 머금어졌다.

서원명 대통령은 치사를 마치고 강권과 함께 치우천황함에 올랐다.

치루천황함에는 서원명 대통령과 경호원 2명만이 오르고 나머지는 치우천황함 외곽에 머물렀다.

치우천황함은 길이가 258.6m, 폭 32.5m이었지만 정작 서원명 대통령이 느끼기에는 그 열 배, 아니, 백 배 정도는 되는 것 같았다.

"이보게, 강권이 치우천황함은 길이가 258.6m, 폭이 32.5m라고 하지 않았나?"

"겉에서 보기에는 맞네."

"그런데 어떻게 걸어도, 걸어도 얼마 걸은 것 같지도 않지?"

"하하하, 겉보기는 그 정도지만 실제로 치우천황함의 함내는 겉에서 보는 것의 100배 정도 된다고 보면 될 것이네. 그러니까 길이는 25.86km이고 폭은 3.25km라고 보면 될 것이네."

"저, 정말인가?"

"하하하, 이 치우천황함은 최대 10만 명이 아무런 보급 없이도 자급자족할 수 있도록 설계되었다네. 말하자면 날아다니는 요새고, 연구소라고 보면 될 것이네."

"……."

서원명 대통령은 강권의 말에 어안이 벙벙한 듯 눈만 끔뻑거리고 있었다.

"자네에게 말은 하지 않았지만 이번에 달에 가서 우리나라의 기지를 만들 것이네. 그리고 가능하면 달에 있는 자원을 캘 것이네. 지금 당장이야 달에 머물겠다는 연구원들이나 인력이 없어서 호문클루스로 임무를 수행하겠지만 가능하면 우주 항공군을 창설해서 우선 달에 기지를 두고 태양계 내를 정찰했으면 하네."

"정말 그게 가능한 일인가?"

"내가 치우천황함급은 아니지만 치우천황함의 10분지 1 크기 정도의 우주항공모함 두 척을 기증하겠네. 물론 셔틀로 이용할 수 있는 기본 함재기를 2기씩 기증하겠네. 하지만 더 이상의 무장은 돈을 내야 하네."

"치우천황함의 10분지 1 정도의 크기라면 구체적으로 어느 정도의 크기인가?"

"세계에서 가장 큰 항공모함을 미국의 원자력 항공모함인 ****니미츠호라고 하는데 이 니미츠호보다 겉모양은 비슷하지만 적재 중량을 따지면 최소한 1,000배 정도는 된다고 보면 될 것이네. 그러니까 별다른 일이 벌어지지 않는 한 아무런 추가 보급 없이 10년이건 20년이건 자체 역량으로 임무를 수행할 수 있다고 보면 될 것이네."

"좋아. 자네 말만 믿고 돌아가면 당장 국방회의를 소집해서 우주 항공군을 창설할 테니 그렇게 알도록 하게."

"하하, 그렇게 하게. 나는 달에 가서 대략 10일 정도 일 좀 보고 있겠네. 금이나 보석 등의 자원이 있으면 캐고 말이지."

치우천황함이 고흥만에서 진수식을 거쳐 바다로 나갈 때까지 사람들은 대부분 그저 그런가보다 하고 있었다.

그런데 어느 정도 바다를 항해하던 치우천황함이 선수를 치켜들고 공중으로 솟구쳐 오르자 눈이 동그랗게

변해서 자기가 잘못 본 게 아니냐는 듯 연신 눈을 비비고 있었다.

하지만 치우천황함은 하늘에서 고흥 인근을 수차례 선회하더니 곧장 대기권을 벗어나기 위해 계속해서 고도를 높이고 있었다.

이것은 정말이지 아무도 생각지 못했던 깜짝 쇼가 아닐 수 없었다.

*桓國은 BC. 7919년 환인께서 세우신 인류 최초의 나라라고 합니다.

  이 桓國은 불과 7명의 제황께서 무려 3,301년 동안 다스렸다고 합니다.

  산술적으로 따지면 제황 한 분의 제위가 무려 471년 이상입니다.

  桓國은 12연방을 두어 다스렸는데 남북이 5만 리, 동서가 2만 리라고 합니다.

  桓國의 12연방은 비리국, 양운국, 구막한국, 구다천국, 일군국, 우루국, 객현한국, 구모액국, 매구여국, 사납아국, 선비국, 수밀이국 등이다.

  참고적으로 나라 이름을 말할 때는 桓은 환으로 읽지 않고 한으로 읽는다고 합니다.

  **묘족(苗族)은 뿌리는 단군조선보다 앞선 우리민족의 나라인 환웅시대의 14대 환웅인 치우천왕이어서 매년 10월에 치우제를 연다고 한다.

  15대 환웅인 지액특 환웅 시대에는 티벳까지 그 영역을 넓혀 800년 동안 다스렸다고 한다. 티벳의 말 가운데 우리나라와 같은 의미를 갖고 있는 게 그 증거라고 할 수 있다. : 할배(할아버지), 할매(할머니), 정지(부엌), 통시(변소), 밥무운나(밥먹었나) 등.

  ***한미 미사일 협정(MG : Missile Guideline)
  1978년 정부는 자체 기술로 백곰 미사일 개발에 성공하자 미국의 카터 행정부가 이에 대해 반대하고 1979년 9월 존 위컴 주한미군 사령관이 탄도 미사일 개발을 중단하라는 권고 편지를 보내왔다.

이에 난감해진 정부는 노재현 국방부 장관이 서면으로 동의 서한을 작성해 주었다.

이 동의서한을 가리켜 미사일지침이라고 부른다.

사실 이 국방장관 개인의 편지는 어떤 법적효력을 가질 수 있는 조약이나 행정협정은 아니어서 국제법적인 제약을 받지는 않는다.

그렇지만 이것은 일종의 신사협정(신사협정이라는 용어 대신에 주로 가이드라인이라고 일컫는다.)이기 때문에, 이를 위반하면, 비우호적 행위가 되어 미국은 보복조치를 할 수 있다.

이처럼 미국 등 강대국들은 약소국에게 주권제약적인 조약을 요구할 때, 정식조약으로 요구하면, 비준 등 까다로운 절차로 체결될 가능성이 희박해지기 때문에, 보다 간편한 행정협정, 아예 법적 구속력도 없는 것처럼 보이는 권고 형식의 신사협정을 주로 요구한다.

이 신사협정이란 것은 구두합의나 고개를 끄덕이는 등 정부 대표가 의식하지 못하는 가운데도 체결되는 수가 있을 정도로 철저하게 강대국의 의향에 지배되는 것이다. 말하자면 전적으로 미국에 유리하게 해석할 수 있어 미국입장에서는 귀에 걸면 귀걸이, 코에 걸면 코걸이인 게 이 신사협정이고 가이드라인인 셈이다.

아무튼 이 한미 미사일 협정은 79년에는 180km라는 제한거리를 지켜야 했고, 1998년 이른바 대포동 쇼크로 2001년 김대중 대통령이 방미해서 클린턴 행정부에서 300km로 연장을 해주었고, 2012년 이명박 대통령이 방미해서 사거리 800km로 늘릴 수 있었다.

하지만 이 미사일 지침에 따를 것 같으면 민간용이든 군사용이
든 총추력이 초당 100만 파운드 이상의 고체로켓 개발을 금지한
다고 되어 있다.

****세계에서 제일 큰 항공모함 니미츠호(USS NIMITZ)
미국 해군 제독 니미츠(C.W. Nimitz)의 이름을 따서 명명한
니미츠호는 미국 해군의 원자력 항공모함, 2개의 원자력 발전기를
추진동력으로 이용하며, 4개의 엔진으로 속력은 30노트 이상 낼
수 있다.

니미츠호 갑판은 길이 333.2m에 폭이 76.8m나 되는데 이
축구장 3개를 합친 넓이를 갖고 있는 이 갑판에서는 조기경보기
(호크아이 2000)와 슈퍼호넷 전투기(F/A—18E/F), 전자전투
기(EA—6B), 공격형 헬기 등 항공기 64대가 '항공기 사출기'
를 이용, 25~30초에 한 대씩 이륙 가능하다. 수증기의 힘을 이
용한 피스톤 이륙장치인 사출기를 이용하면 항공기는 3초 만에 시
속 270km에 다다르게 된다고 한다.

니미츠호의 가장 큰 공격 무기는 항공기를 언제 어디서나 비행
간판에서 이 착륙시키는 능력이다. 니미츠의 11항공 항공단은 여
러 비행대대로 이루어져 있다. 이 비행대대들을 바탕으로 작전 반
경에 있는 적군 지역에 들어가 교전할 수 있으며 정찰, 대잠, 초
계, 구조 임무 등을 수행할 수 있다.

유도 미사일 순양함 프리스턴호(CG—59)와 초신호(CG 56),
유도미사일 구축함 프레블호(DDG 88) 등으로 이루어진 강습단
이 함께하며 이 강습단의 작전반경은 수천km에 이른다.

'움직이는 해상도시' 라고 불리는 항공모함, 니미츠호(Nimitz
CVN 68)는 총 17층으로 이뤄져 있고, 여기에 승선한 미 해군

인원은 약 6,000명에 이른다. 방송국, 우체국, 병원, 교회, 식당 등의 편의시설을 갖추고 있다. 선체 높이는 70m는 약 23층짜리 건물 크기다 80대 이상의 항공기를 적재하며 6,000여 명의 승무원이 탑승 가능한 초대형 항공모함이다.

가히 고층 아파트 단지 하나가 통째로 바다 위에 떠 있다고 보면 된다.

에필로그

새로운 시작을 위하여

겉으로 보기에는 영락없는 항공모함이었는데 바다로 가다 말고 하늘로 솟구치는 모습이 전파를 타자 전 세계는 완전 뒤집어졌다.

이건 완전 SF 영화나 소설에서나 나오는 우주 항공모함이었기 때문이다.

"저, 저거 정말 우주항모가 맞는 거지?"

"와! 어떻게 저럴 수 있는 거야?"

"이, 이제 세계는 코, 코리아의 눈치를 보아야 하는 거지 뭐."

인류 최초의 우주항공모함인 치우천황함이 대기권

을 벗어나 궤도를 달로 잡자 기다리기라도 했다는 듯 그룹 '환'에서 기자 회견을 자청하고 치우천황함의 제원에 대해서 간략하게 발표를 했다.

놀라운 것은 치우천황함과 이원중계를 하며 기자들의 질문에 최강권 본인이 직접 답하고 있다는 것이었다.

"워싱턴 포스트의 한국 특파원 제럴드 킴입니다. 참, 저의 한국 이름은 김유성입니다. 회장님께서 치우천황함이 마하 30이라는 엄청난 속도를 가지고 있다고 하셨습니다. 그렇다면 앞으로 치우천황함 같은 우주항모들을 지속적으로 우주에 내보내실 생각이신지요?"

―제럴드 기자님, 치우천황함은 단지 프로토타입에 불과한 우주선입니다. 치우천황함이 지금이야 겨우 마하 30의 속도로 날 수 있지만 조만간 초속 *1AU 정도 되는 우주선을 만들 수 있을 것입니다. 바꾸어 말하면 1광년가량 떨어진 별간의 이동은 10일 정도면 충분하다는 말과도 같습니다. 이렇게 된다면 태양계 안에서의 여행은 그저 신혼여행 정도로 생각하게 될 것입니다. 덧붙이자면 치우천황함과 거의 같은 급이라

고 볼 수 있는 단군천황함과 광개토대제함이 지금 건
조 중에 있는데 이 우주항모들은 빠르면 올해 안으로
진수식을 갖게 될 것입니다. 이 항모들은 태양계 내의
행성들에서 여러 가지 자원의 개발은 물론이고 무중력
상태에서 가동하는 공장도 선보이게 될 것입니다. 물
론 우리나라는 홍익인간의 이념에 따라 최대한 인류의
복지에 이바지하는 방향으로 항모들을 가동하게 될 것
입니다.

"마이니찌의 야마토 기자입니다. 회장님께서는 엄
청난 기술을 보유하고 계시면서도 그것을 경제화 시키
시지 않으시고 계시는데 그 이유가 궁금합니다. 예를
들어 '보라매'나 '근두운' 같은 비행기나 비행선이라
면 세계 항공계를 완전 석권하실 수 있는데도 그렇게
하지 않으셨는데 그 이유가 궁금합니다. 그리고 치우
천황함 또한 그렇게 하실 의향이 있으신지 궁금합니
다."

―마이니찌 야마토 기자님, 내가 '보라매'나 '근두
운'을 세계에 보급하지 않는 이유는 그렇게 하면 세계
항공업계가 줄도산을 면치 못하기 때문입니다. 그렇다
고 내가 자선업자도 아니고 또 내 것을 남에게 거저

주는 호구도 아닙니다. 한 가지 확실한 것은 항공 산업이 기존에 존재하고 있었기 때문에 거기에 목매는 여러 사람들의 목구명을 생각해서 내 이익을 조금 덜 가져간다는 생각을 한 것뿐이라는 것입니다. 그렇지만 우주에 관한한 나는 내 이익을 남에게 빼앗길 생각은 추호도 없습니다.

이러는 동안 치우천황함은 대기권을 완전 벗어났다.
대기권이라고 해 보아야 1,000km 정도이고 지구 인력의 99%는 32km 이내에서 작용하기 때문에 대기권을 벗어났다는 큰 의미는 없었다.
그런데 사이언스지의 객원기자이며 나사의 상설연구요원인 우주공학자 제임스 코쿤은 그렇게 생각지 않은 것 같았다.

"사이언스지의 객원기자 제임스 코쿤입니다. '보라매'나 '근두운', 무한발전소 '무한력' 같은 경우에는 동력원으로 질소를 사용하셨습니다. 치우천황함 역시 동력원으로 질소를 사용하십니까?"
─제임스 코쿤 박사, 치우천황함의 동력은 한 가지

가 아닙니다. 구태여 따지자면 주요 동력원은 수소를 촉매로 한 원자력발전으로 볼 수 있을 것입니다. 제임스 코쿤 박사께서 얼마 전에 설계를 해서 나사에서 새 우주선 엔진으로 채택한 H409엔진의 발전적인 형태, 정확히 말한다면 한 1C쯤 앞선 형태라고 보시면 될 것입니다. 치우천황함이 보조동력원으로 채용하고 있는 것은 태양광과 태양풍을 이용한 태양력 발전입니다. 아시다시피 인력이 거의 작용하지 않는 우주에서는 추진력을 따로 쓸 필요가 없으니 보조동력원은 우주 항공모함의 실내에서 우주인들을 위해서 사용하는 동력이라는 의미입니다. 마지막으로 비상 동력원으로는 질소나 매탄을 이용하여 동력을 얻을 수 있습니다.

"대한신보의 이미림 기자입니다. 회장님, 우주 항공모함인 치우천황함을 굳이 항공모함과 비슷한 형태로 설계하신 이유가 무엇입니까? 그 이유가 궁금합니다."

─하하하, 이미림 기자님 뭔가 착각하고 계신 것이 있습니다. 치우천황함은 항공모함과 비슷한 형태로 설계되지 않았습니다. 다만 치우천황함의 모습 중 하

나가 항공모함과 비슷하다는 것뿐입니다. 눈치가 빠르신 분들은 이미 대충 눈치채고 있으실 것인데……
그렇습니다. 치우천황함은 본래 우주 항공모함이지만 항공모함으로도 쓸 수 있고, 잠수함으로도 쓸 수 있으며 비행기로도 쓸 수 있습니다. 깜짝 이벤트로 각각의 용도에 맞게 변신되는 모습을 보여드리도록 하겠습니다.

치우천황함이 잠수함 형태로 비행기의 모습으로 각각 바뀌는 게 전파를 타고 전 세계에 중계되어졌다. 우주에서 태양빛을 받아 번쩍이며 다양한 형태로 변신하는 모습은 마치 영화에 나오는 트랜스포머 같았다.

―사실 그동안 지구는 서구 제국주의가 뿌려놓은 악덕 때문에 심각하게 앓아 왔다고 해도 과언이 아닙니다. 흑인들을 강제로 고향의 땅에서 떼어 놓았으며, 제3세계의 국민들은 착취를 당했고, 자원을 침탈당했습니다. 그룹 '환' 은 이제 더 이상 방관하지 않겠습니다. 믿지 않을지도 모르겠지만 그룹 '환' 의 기술력은

인종이나 종족을 따로 구분지어서 원하는 인종이나 종족만을 도태시킬 수 있기에 이르렀습니다. 나는 이 기술을 봉인했지만 이 봉인이 영원하길 빕니다. 나는 세계인들에게 말을 믿을 수 있는 사회, 자기 노력으로 좀 더 나은 대접을 받을 수 있는 사회, 법과 상식이 통하는 세계를 만들 것을 권고합니다. 사실 인류 최초로 문명을 일으키고, 나라를 세웠던 배달민족은 인류를 개화시켰지만 그에 맞는 대접을 받기는커녕 이루 말할 수 없는 푸대접을 받아 왔습니다. 우선 중국의 선조들인 하화족(夏華族 또는 華夏族)에게 문명을 가르쳤지만 종내 배신을 당했고, 이것은 일본에게도 마찬가지로 당했습니다. 그런가 하면 미국인들에게는 1억이 넘는 동족이 살해당했습니다. 그렇습니다. 미국 원주민인 **인디언들 역시 배달겨레의 한 지류입니다. 내가 이렇게 말하는 것은 그에 대한 보복을 하겠다는 것은 아닙니다. 다만 앞으로는 더 이상 참고 있지 않을 것이고, 필요하다면 종족이나 인종의 도태까지도 고려하겠다는 의지를 천명하고자 합니다. 우리 배달겨레의 조상들은 홍익인간(弘益人間), 재세이화(在世理化), 광명천지(光明天地)를 모토로 나라를 세우셨습니다. 나는 여기에 일살다생(一殺多生)을 더하려 합니다. 이것은 더 이상의 국가 이기주의, 개인 이기주의를 배제하고, 종족과 인종을 떠나서 말이 존중을 받는 세상, 상식이 통하는 세상을 꿈꾸기 때문입니다. 이상으로 끝맺겠습니다.

강권의 사자후는 세계인들의 가슴에 화인처럼 새겨졌다.

〈『더 리더』完〉

*1AU : AU는 천문단위로 보통 태양과 지구 사이의 거리를 말한다.

1AU는 대략 1.5의 10의 8승km다.

**인디언

아메리카 인디언들이 배달겨레와 같은 종족임은 여러 가지 증거가 있다고 한다.

우선 백 년 전만 해도 인디언들은 우리나라 사람들처럼 짚신을 신었다고 한다.

이 짚신은 배달겨레만의 특징이라고 할 수 있다.

두 번째로 인디언들에게도 솟대 문화가 있다고 한다.

세 번째로 인디언들 역시 지게를 사용하고, 우리와 똑같은 형태의 절구를 사용했다고 한다.

네 번째 증거는 인디언들 역시 배달족(東夷族)의 특징인 몽고 반점을 갖고 있다고 한다.

the 리더

1판 1쇄 찍음 2013년 11월 18일
1판 1쇄 펴냄 2013년 11월 21일

지은이 | 희 배
펴낸이 | 정 필
펴낸곳 | 도서출판 **뿔미디어**

편집장 | 이재권
기획 · 편집 | 윤영상
편집디자인 | 이진선

출판등록 | 2002년 9월 11일 (제081-1-132호)
주소 | 경기도 부천시 원미구 상동로 117번길 49(상동) 503호 (우)420-861
전화 | 032)651-6513 / 팩스 032)651-6094
E-mail | bbulmedia@hanmail.net

값 8,000원

ISBN 978-89-6775-945-2 04810
ISBN 978-89-6639-165-3 04810 (세트)

※파본은 구입하신 서점에서 교환하여 드립니다.

http://www.bbulmedia.com